KB035520

그 사람의 풍경

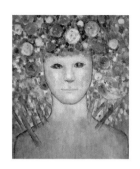

그 사람의 풍경

화가 김춘자 산문집

산지니

그 사람의 풍경

그 사람을 오랜만에 다시 보았다. 마트 앞에서 동요 '아빠와 크레파스'를 부르며 앉아 있던 그를 처음 본 후 거리 여기저기에서 내 시선을 잡아끌던 '크레파스 사나이'. 연일 폭염이 기승을 부리던 여름 한낮, 모든 사람들이 문을 닫고 냉방기에 의존하여 간신히 무더위를 버텨가던 어느 날, 그가 그림처럼 나타났다. 입가에 미소를 머금은 채 무언가를 바라보는 듯 생각에 잠긴 표정. 방금 씻은 듯이 해맑은 얼굴은 여전히 때묻지 않은 어린아이 같았다. 길을 오가며 오랫동안 보이지 않아 행여 그에게 나쁜 일이라도 생긴 것은 아닐까 내심 걱정했는데 그날 내 차창 밖에 홀연 나타난 것이다.

그는 상가 거리 한편에 설치된 화단 턱에 걸터앉아 있었다. 한창 붉은 꽃이 피어오르는 배롱나무 그늘에 앉아 있는 그의 모습은 아름다운 그림 속의 한 장면 같았다. 그는 꽃과 나무와 새, 자연에 순응하는 지상의 모든 지순한 것들을 거느리고 앉아 있는 천사처럼 보였다.

그가 있는 곳은 어디나 아름다운 풍경이 된다. 그가 발하는 여리고 맑은 기운은 주변의 어둠을 환하게 바꾸어놓는다. 그리고 그를 바라보는 나를 최초의 순수로 환원시킨다. 그의 모습이 청정한 공기 속에 서 있는 나무나 꽃의 풍경처럼 보이는 이유이다. 거짓과 폭력이 횡행하는 이 시대에 그가 있는 풍경은 아무나 눈치채기 힘든, 물과 나무가 있는 오아시스 같다.

　"내가 먹은 음식이 바로 나다"란 말처럼 지금까지 살아오며 내가 저지른 많은 과오들이 내 영혼을 겹겹이 둘러싸서 최초의 나는 보이지 않는다. 추한 욕망과 증오와 갈등 같은 수많은 생의 변질된 껍질들을 벗겨내고 싶다. 이 글들은 때 묻지 않은 내 영혼으로 환원되고 싶은 반성의 복구작업이라 할 수 있다. 그리하여 언젠가 나도 하나의 아름다운 풍경이고 싶다.

차례

3

4

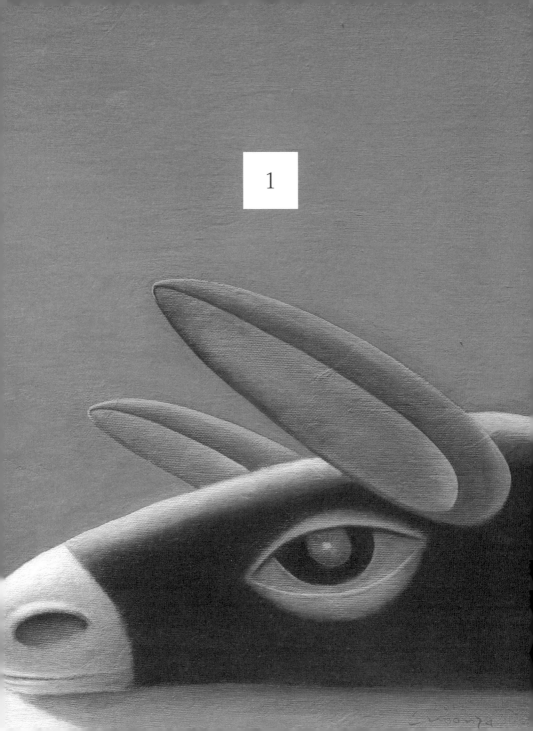

Are you artist?

　지하철을 갈아타기 위해서 을지로3가역을 걷고 있었다. 낮
시간이라 한산한 역내를 천천히 걷고 있는데 맞은편에서 키
큰 서양 아가씨가 웃으며 내게 다가왔다.

　부드럽게 인사를 건네며, 자신은 국제구호단체 요원이고
불쌍한 어린이를 돕는 일을 하고 있다고 말했다. 그러고는
이름과 돈의 액수가 적힌 기록장을 보여주며 내게 성금을 권
했다. 외국인이 내국인을 상대로 직접 구호활동 하는 것을
처음 접했던 터라 순간, 이것이 참일까, 거짓일까 하는 진실
에 대한 판단이 내 머리를 교차했다.

　그런 생각으로 잠시 멍해 있는데 난데없이 "Are you
artist?"라고 하지 않는가. 그래서 내가 "오, 오… 예스"라고

얼떨결에 대답하니, 자신도 화가인데 인도에서 활동하고 있다며, 환하게 웃는 얼굴로 다시금 성금 기록장을 내밀었다.

희한했다. 내가 화구를 들고 있는 것도 아니고 화가의 트레이드마크인 빵모자를 쓰고 있는 것도 아닌데 나를 알아보다니….

잠시 가졌던 의구심은 한 방에 날아가고, 만 원이라는 액수와 이름들이 적힌 맨 아래 칸에 내 이름을 적고 일금 만 원을 건넸다. 그녀는 매우 좋아하며 "땡큐"를 연발하고는 반대편으로 사라졌다.

그녀의 뒷모습을 흐뭇한 마음으로 바라보며 '좀 더 큰 액수를 후원할 걸' 하는 생각으로 아쉬운 마음이 들었다.

돌아서 오는 길에는 '겉으로만 봐도 내가 화가로 보인단 말이지?'와 '나도 굶주리는 아프리카 어린이들을 도왔구나' 하는 두 개의 야릇하고 뿌듯한 감정으로 서울 거리가 따뜻하게 느껴졌다.

집으로 돌아와 딸아이에게 자초지종을 말해주니 딸아이 하는 말, "엄마, 요즘 지하철에 사기 치는 외국인들이 있대. 엄마가 걸려든 것 같은데?"

아이의 말이 사실이라면 일금 만 원으로 화가라는 호칭을 산 꼴이 되었으니 내 생의 마음창고에 '부끄러움' 하나를 더 채우게 된 마음 씁쓸한 날이었다.

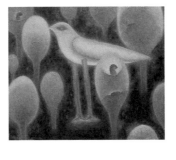

노숙자의 미소

　지하철에 앉아 한참 동안 눈을 감고 명상(?)에 잠겨 있었다. 얼마나 지났을까? 눈을 떠보니 건너편 좌석에 노숙자로 보이는 한 남자가 앉아 있었다.

　야윈 몸매의 그는 모자를 눌러쓰고 짐 가방 하나 없이 예닐곱 겹의 웃옷과 또 그만큼의 바지를 껴입고 있었다. 여느 노숙자처럼 취기가 보이진 않았는데 호주머니마다 무엇을 넣었는지 불룩불룩한 게 마치 권투선수가 여러 개의 글러브를 몸에 매단 것처럼 보였다. 그는 차 안의 뭇 시선에는 아랑곳없이 호주머니를 뒤지며 무언가에 열중이었다. 라이터, 면장갑, 화장지… 먼지 묻은 것들을 툭툭 털어 또 다른 주머니에 넣으며 입가엔 미소가 가득했다. 불룩한 양말목에서 외짝

양말을 꺼내 털어 다시 양말목에 쑤셔 넣고는 양말을 고쳐 신었다. 주운 담배꽁초를 후후 불어 털어낸 뒤 빈 곽에 채우고 흐뭇한 미소를 지으며 마치 보물이라도 되는 것처럼 조심스레 주머니에 넣었다.

그 남자를 보고 있던 사람들의 입꼬리가 위로 올라가 있었다.

그가 구겨진 손수건을 무릎에 대고 정성스레 편 후 곱게 접은 다음 호주머니에 넣었을 때 전동차의 출입문이 열렸다.

그가 슬그머니 일어나 문밖으로 사라지자 사람들의 입꼬리가 제자리로 돌아갔다.

노숙자가 앉았던 자리에 젊은 아가씨가 앉자마자 휴대전화로 문자질을 해대기 시작했고 사람들은 머리를 뒤로 기대고 명상(?)에 잠겼다.

크레파스 사나이

내가 그를 처음 본 것은 몇 년 전 마트 입구 가판대에서 물건을 고르고 있을 때였다. 어디선가 "어젯밤에 우리 아빠가… 한 손에는 크레파스를 사가지고 오셨어요."라고 낮은 목소리의 어른이 부르는 노랫소리가 들려 둘러보니 근처에서 사십대 중반쯤으로 보이는 그가 사람들이 분주히 오가는 것을 바라보며 쭈그리고 앉아 노래를 부르고 있었다. 그리고 내가 마트에 들어가 장을 다 봐서 나올 때까지도 그는 그대로 앉아 노래를 부르고 있었다.

그 뒤로도 마트 앞에 앉아 있는 그를 자주 보곤 했는데, 그는 늘 같은 노래를 부르고 있을 뿐 아니라 언제나 같은 옷차림이었다. 처음 몇 번 내 눈에 띌 때까지는 그를 단순히 장애

자쯤으로 가볍게 여겼다. 그래서 그의 근처를 지나치는 것이 꺼려져 다른 길로 둘러서 가기도 했다.

그러나 그 남자를 반복해서 보게 되면서 그에게서 좀 색다른 분위기가 느껴진다는 것을 알게 되었다. 그는 마치 어린아이의 곱슬머리 같은 머릿결과 그을린 구리 빛깔의 긴 이마, 방금 씻은 듯 윤기가 흐르는 얼굴을 가지고 있었다. 그리고 언제나 같은 옷을 입고 있었지만 더럽거나 추레하진 않았다.

언젠가 거리를 걸어가는 모습을 본 적이 있는데 그는 꽤 큰 키에 좀 마른 체구였다. 거리에서 본 그는 고개를 약간 숙인 채 아래를 내려다본다기보다 자신을 본다고 해야 할 듯한 표정이, 지나치는 많은 사람들과는 확연히 구별되는 모습이었다.

생각해보면 내가 그를 처음 봤을 때도 노래를 부르며 향해 있던 그의 시선은 사람들을 바라보는 듯 자신을 향해 있었던 것 같다. 처음부터 그의 표정에는 분명 어떤 특별함이 있었다.

내가 사는 동네의 아래 지역에는 밤이 되면 고층 상가들이 뿜어내는 현란한 조명과 그 아래 발 디딜 틈 없이 많은 사람들로 붐비는 유흥거리가 있다. 물론 낮에는 밤과 같이 번잡하진 않으나 주변의 다양한 상가들로 인해 언제나 많은 사람들이 거리를 채우고 있는 것은 마찬가지다.

그런 거리의 풍경 속에서 그는 때때로 눈에 띄었고 언젠가부터 볼품없는 외모에도 불구하고 주변의 많은 행인들을 뚫고 내 시야를 잡아끄는 그의 야릇한 기운을 나는 외면하기 어려웠다.

미소를 머금은 듯 다문 입,

거리를 구경하는 듯 어디에도 닿지 않는 눈길,

그리고 어디로 향하는지 모를 발걸음….

언젠가부터 그의 옆을 지나치거나 약간 먼발치에서 그를 바라보게 되는 순간, 나는 현재의 시공간을 잃어버리는 듯한 착각에 사로잡히곤 했다. 낯선 영화의 한 장면 속에 내가 서 있는 듯한 느낌, 혹은 알지 못하는 별로 순간이동을 한 듯한 야릇한 기분이 들었다.

그것은 나이가 들수록 생활 속에서 쉽게 만나기 어려운, 현실을 살짝 비낀 몽환적 환영이거나 젊은 날 때때로 젖어들던 꿈과 이상의 한순간과도 유사한 느낌이었다.

그리고 그런 느낌이 한 사람으로부터 되살아나는 것은 내 생에 처음 마주하는 특별함이 아닐 수 없었다.

등을 가격해 오는 좌절의 고통으로 넘어져도 끝내 꿈의 방향으로 일어서던 젊음의 시간과, 지치고 힘든 일상 속에서 때론 하늘에 떠 있는 구름 한 점으로부터 자유와 방랑의 매혹에 가슴 일렁이던 중년의 시간. 그러나 지금 나의 심장은 무뎌져 낡은 감동의 껍데기만을 펄럭일 뿐.

나를 둘러싼 풍경들과 나는 너무 오랫동안 서로를 바라보았던 것일까. 어제와 오늘, 똑같은 무표정한 모습으로 아무런 눈길도 없다. 놀람도 탄성도 없이 나는 내 속에서 낡고 바래저버린 것이다.

그런데 일상의 인파 속에서 성큼성큼 걷고 있는 그 사람의 비현실적 초상은 미혹스러워 두 번 세 번 다시 돌아와 읽게 되는 낯선 문장이거나 저 먼 타국, 계획 없이 들른 미술관에서 나의 발길을 오래 머물게 한 무명의 작은 그림 같았다.

이른 아침, 거리 한편에 쪼그리고 앉아 누군가를 기다리는 듯 아무도 기다리지 않는 모습의 그가 보이기도 하고, 노란 은행나무 가로수 아래 서서 하늘을 향한 시선으로 내리는 비를 하염없이 맞으며 서 있는 그의 모습이 나의 차창 밖에 느닷없이 나타나기도 했다.

그때 내 일상의 각질 같은 잔비늘이 가늘게 떨리고 저 깊이 가라앉은 영혼의 문이 삐걱거리고 싶어 하는 것을 느낀다.

언젠가 이른 아침 새벽시장에 갔다가 돌아오는 길에 인적 없는 상가 거리 한구석에 앉아 있는 그를 발견했다. 운전하던 남편이 차창을 내려 "오늘도 마트 갑니까?" 하고 그에게 말을 걸었다. 그는 미소를 머금은 채 어딘가에 몰두해 있던 표정을 일시에 거두면서 경직되어 "네에" 하고 낮은 목소리로 답하고는 우리를 경계하며 시선을 피했다.

순간 그에게 다가가고 싶은 마음에 섣불리 말을 걸었던 어설픈 짓을 후회하며 우리는 최대한 환한 표정으로 그에게 인사를 남기고 오던 길을 왔다.

마음이 아팠다. 노숙자나 불량자로 오인받아 불편을 겪었으리라. 평범한 사람들과 다른 그는 보통의 다수 속에서 행복하지 않을 것이다. 그가 살아야 할 곳은 어린 왕자의 별 같은 곳 아닐까 하고 훌쩍 저 먼 상상을 해본다.

　나는 그가 어떤 사람인지 알지 못한다. 어디에 사는지, 가족이 있는지, 그로 인해 그의 가족이 불행하진 않은지⋯. 내게 전혀 익명인 그가 언젠가부터 꿈의 풍경이 되어 바래져가는 내 영혼의 색채를 눈치채지 못하게 복구하고 있다.

　그런데 처음 보았을 때보다 많이 수척해진 모습이 안쓰럽기만 하다. 그리고 식사는 챙겨 하는지, 건강은 이상 없는지⋯. 거리를 지나칠 때 그가 한동안 보이지 않으면 걱정이 된다.

천국의 아이들

보험금을 타내기 위해 부모나 형제, 가족을 거리낌 없이 살해하는 극악무도한 범죄 뉴스가 저녁 식탁 위에 반찬으로 오르는 서글픈 시대를 우리는 살고 있다.

가난을 극복하기 위해 주린 배를 움켜쥐고 가족의 눈물을 서로 닦아주며 열심히 살아왔던 시간이 엊그제 같은데, 어느새 우리 사회가 이토록 병들어 무서운 현실에 처하게 된 것일까.

나는 몇 해 전에 오빠 셋 중 하나를 잃었다. 내 육신 한 부분이 잘려나간 듯 그 상실감은 이루 말할 수 없이 깊어 헤어나기 힘들었다. 많은 이들이 혈육과의 사별로 인한 트라우마로 고통받고 힘들어한다. 그것은 아프고 힘들었지만 아름다웠던 삶의 추억을 공유한 때문일 것이다. 힘겨운 날들을 함께 헤쳐 나가며 책임과 의지, 위로와 같은 순수하고 아름다운 심성들이 형제자매들을 사랑의 끈으로 묶어 하나의 몸이 되었기 때문이리라.

그래서 한 몸의 일부가 떨어져나가는 고통은 말할 수 없이 큰 것이다. 그리고 그 아름다운 피를 가진 사람들이 많이 사는 우리나라도 한때는 천국이었던 시절이 있었다.

그러나 고속 성장으로 이루어진 우리의 사회는 지금 물성만이 지나치게 비대해져 인간성을 짓밟고 구축한 물질만능의 괴물 도시에 병든 영혼들을 은닉한 채 위태로운 발전을 거듭하고 있다.

얼마 전 대도시 빈민가에 사는 형제의 이야기를 다룬 다큐멘터리 〈천국의 아이들〉을 보았다. 아프리카 케냐 시골마을에 살던 19세 형 조셉과 14세 동생 찰스가 청운의 꿈을 품고 대도시 빈민가로 나와 살게 되면서 겪는 일들과 형제의 아름다운 우애를 담고 있었다.

빈민마을 '키베라'는 쓰레기 속에서 재활용 폐품들을 주워 하루를 연명하는 가난한 사람들이 모여 사는 곳이다. 조셉과 찰스도 조그만 양철집을 세 얻어 살아간다. 형 조셉이 쓰레기를 주워 동생 찰스의 공부 뒷바라지를 하며 일상의 고난을 미래의 꿈으로 바꾸기 위해 애쓰지만 현실은 어둡기만 하다.

그래도 언제나 형은 동생에게 "하쿠나 마타타", "다 잘될 거야"라고 용기를 북돋우며 절망하지 않고 매일 쓰레기를 주워 생계를 꾸려나간다. 쓰레기장에서 깨진 유리조각에 베인 큰 상처를 숨기면서도 웃는 얼굴로 동생을 챙기는 형의 아름다운 얼굴은 마치 성자와도 같다.

버려진 땅에도 행운은 찾아온다. 키베라 출신의 테니스 국가대표 선수가 마련한 테니스장에서 동생 찰스는 테니스를 배우게 되고 형의 극진한 뒷바라지로 대표선수가 되어 좋은 성적을 거둔다.

경기 참가비를 마련하기 위해 겪어내는 고난과 가족들의 사랑, 동생의 힘겨운 훈련과정을 격려와 사랑으로 이끌어주는 형의 희생은 한 편의 아름다운 픽션 영화를 보는 듯했다.

고난의 땅에서 천국의 꽃을 피워 올리는 그들의 놀라운 사랑의 힘은 마침내 나로 하여금 감동의 눈물을 흘리게 했다. 냄새 지독한 쓰레기와 남루한 생활의 고난 속에서 일구어낸 형제의 아름다운 사랑은 진흙 속에 핀 연꽃처럼 아름다웠다. 화려한 배경과 의상, 소품이 만든 어떤 스토리보다 더 위대했다. 우리 사회가 오래전에 잃어버린 전설과도 같은 이야기가 저 먼 가난한 나라에서 현실로 살아 있는 것이다.

풍요만을 향해 내달려 오면서 우리는 정작 귀한 것을 잃어버리고 살아가고 있는 것이 아닐까. 변질된 욕구만을 추구할 뿐 진정한 행복에서 너무 멀어져가고 있는 것이 아닐까. 성장과 발전만을 목표로 하여 경쟁의 채찍을 스스로에게 휘두르며 일그러지고 흉한, 불행한 초상이 되어가고 있지 않은지 돌아봐야 할 일이다.

가지서리

약속한 대로 친구가 잠이 덜 깬 나를 대문간에서 기다리고 있었다. 우리는 서둘러 마을 뒷길을 따라 산길을 올랐다. 우리 마을과 옆 동네 사이에 있는 작은 산을 넘으면 옆 동네 뒷산에 이를 수 있었다.

산을 오르는 길섶에 이슬을 머금은 야생초들이 우리의 발등을 적셨다. 숲은 아직 희뿌연 어둠 속에 묻혀 있었다. 나뭇가지에서 잠자던 작은 새들이 우리의 인기척에 놀라 푸드덕거리며 날아올랐다. 새벽의 고요 속에 가라앉은 숲이 순식간에 꿈틀거렸다. 꽃잎을 오므리고 이슬을 머금은 채 고개를 떨구고 있던 야생화들과 키 큰 수풀들이 수런거리며 깨어났다. 어디선가 다람쥐나 작은 야생동물이 나뭇가지를 흔들며 달아나는 소리가 들렸다.

청미래 가시가 정강이를 스쳤다. 억새 이파리가 매서운 칼날을 곤두세우고 있는 풀숲을 조심스레 빠져나와 경사길을 미끄러져 내려갔다.

질경이가 군락 지어 서식하는 작은 습지를 건널 때 앞에 가고 있는 친구가 고무신조차 신지 않은 맨발이라는 것을 알았다.

친구의 집은 우리 동네 뒤 큰 산으로 오르는 입구에 있었다. 집 앞에 냇물이 흐르고 뒤에는 동네 우물이 있었다. 그의 아버지가 직접 지은 흙벽돌집 안에는 가구나 별다른 생활용구가 없었을 뿐 아니라 그의 부모도 집에 있는 경우가 드물었다. 어린 그의 동생이 사시사철 벗은 몸으로 문간에 서서 친구를 찾아간 나를 멀뚱히 바라보고 서 있었다.

친구는 우리 동네 여장부였다. 어떤 놀이건 앞서서 이끌었고 편을 나누어 놀 때는 늘 대장을 맡았다. 그런데 친구들과 어울려 놀다가 날이 저물어 엄마들이 밥 먹으러 오라 외치는 소리를 듣고 각자의 집으로 흩어져 갈 때 그는 어떤 모습이었는지, 지금 내가 기억하는 것은 없다. 그는 아마도 혼자 남아 있다가 어두운 제 집으로 돌아가 헐벗은 어린 동생의 문간 마중을 받았을 것이다.

그런 그가 어느 날 놀다 집으로 돌아가려던 나를 붙들고 "내일 새벽에 옆 마을에 있는 가지밭으로 가지 따먹으러 가자"고 했다. 커서 생각해보니 이른바 '가지서리'였다. 그때 그의 눈빛은 무어라 말할 수 없는 야릇한 신비이거나 호기심으로 번뜩였다.

나는 잠시 망설이다가 그러자고 약속을 하고는 집으로 돌아와 저녁 밥상에 앉아서도, 잠들기 전 이불 속에서도 그의 그 눈빛을 떠올렸다. 좀처럼 잠을 잘 수가 없고 그 생각에 심장이 고동쳤다. 밤새 이상한 꿈에 시달리다가 자는 둥 마는 둥 하고 새벽에 일어나 우리 집 대문간에서 기다리고 있는 그를 만나 산길을 올랐다.

초등학교 저학년인 나이에도 앞서가는 친구의 뒷모습은 다부져 보였다. 낡은 민소매 사이로 드러난 검게 그을린 등과 무명 반바지 아래의 신발 없는 다리가 민첩하게 구릉을 건너뛰며 뒤처져 따라가는 나를 재촉했다.

포플러 나무가 몇 그루 서 있는 밭둑이 나타났다. 산 아랫자락을 개간하여 만든 넓은 밭 저 건너편에서 민가의 지붕 위로 아침 연기가 피어오르고 있었다. 안개가 가지밭 위에 자욱이 깔려 마치 다른 세계에 와 있는 것 같았다. 그러나 밭 주위에는 철조망으로 경계가 쳐져 있어서 우리는 잠시 머뭇거렸다. 그러고는 친구가 눈짓으로 나에게 망을 보라고 지시했다.

친구가 엉성한 철조망을 넘어 가지밭으로 들어간 사이 나는 민가 쪽을 바라보며 쪼그리고 앉아, 망을 본다기보다 내 몸을 숨겼다. 저쪽에서 주인의 외치는 소리가 들리지나 않을까 하는 두려움에 가슴이 터질 것만 같았다. 초조한 시간이

길게만 느껴질 때 친구가 작은 가지 세 개를 따서 들고 철조
망을 빠져나왔다. 아직 수확기가 멀었던 것이다.

얼른 그 자리를 벗어나 왔던 길을 돌아오며 친구가 건네준
작은 가지 한 개를 받아 베어 물었다. 아직 심장은 두근거리
는데 입 안에 풋가지의 엷은 단맛이 번졌다. 그것은 가지 맛
이라기보다는 그 어린 날 여름 새벽, 내가 처음 맛본 낯선 여
행의 맛이었다.

달콤하고 알싸한 생에 대한 호기심의 시작, 그 맛.

집으로 돌아와 하루를 꼬박 앓아야 했다.

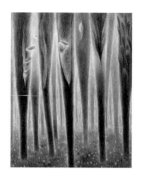

어머니와의 날들

꽃밭에 핀 노란 금잔화가 아직 지지 않았을 것이다. 늦가을이거나 초겨울 햇살이 마당에 비스듬히 드러누워 마당개와 함께 졸고 있었을 것이고 담 밖의 대나무 잎새 소리에 깨어난 녀석이 마당에 배를 깐 채 귀를 세우고 방 안에서 어머니와 내가 도란거리는 소리 쪽으로 향해 있었을 것이다.

어머니가 하얀 옥양목 천에 나뭇가지에 앉은 새를 그리기 시작했다. 동그랗고 작은 눈을 가진 새가 그려지고 나뭇가지 여기저기에 그려 넣은 꽃은 복사꽃이거나 매화였으리라. 어머니가 천에 희미하게 그린 펜화 위에 알록달록한 실로 그림을 채워가는 것을 신기한 듯 지켜보았다. 그리고는 나도 달력 뒷면에다 어머니의 그림을 따라 그렸다.

어린 내가 생에 처음 '그리기'라는 행위를 시작한 것은 어머니가 옷 덮개나 탁상보 같은 생활소품들을 수놓아 만드는 일을 곁에서 지켜보기 시작한 때부터일 것이라 생각된다.

어린 날 어머니와 보낸 시간들 중에 유난히 기억되는 것은 반짇고리 속에 든 알록달록한 수실들과 그 수실들이 풀어내는 듯한 어머니의 콧노래 소리다. 수를 놓으며 알 수 없는 노랫소리를 웅얼거리는 어머니의 모습은 다소 비현실적인 오묘함이 감돌았던 것 같다.

지금 생각해보면 무언가에 황홀히 젖어들어 어머니 곁에 있는 나의 존재는 희미하게 지워져 있는 방 안의 풍경이 그려진다.

내가 성장한 후에 안 사실은 어머니가 바느질이나 빨래와 같은 집안일을 할 때 웅얼거리던 노래는 어머니가 즉석에서 지어낸 구음이라는 것이다. 그런데 그 곡조는 흔히 우리 민족의 보편적 정서라고 하는 한의 애조라기보다 알 수 없는 묘한 정서, 즉 현실에서 비현실에 발을 살짝 담그고 있는 몽환이라 할 수 있었다.

무심한 듯 골몰한 표정으로 구음을 하며 바느질을 하던 어머니에게 "엄마"라고 부르면 단번에 "응?" 하고 대답을 하곤 했다.

그런 어머니 곁에서 그림을 그리는 나에게 어머니는 크레용을 사 주었고 다음엔 달력 대신 스케치북과 크레파스를 사 주었다. 단순한 색깔에 초처럼 미끈거리는 크레용 대신

색깔이 다양하고 부드러운 질감의 크레파스를 가지게 되었을 때의 기분은 내가 그림을 그리기 시작하고 느낀 첫 번째 황홀감이었다.

반짇고리 안의 알록달록한 색실을 타고 흐르는 어머니의 기묘한 구음을 들으며 스케치북에 부드러운 크레파스로 그린 그때의 새와 꽃과 동물들은 지금도 내 그림 속에 종종 등장하여 나를 어머니와 함께했던 그 몽환의 날들 속으로 이끈다.

내가 좀 더 어린 때였을 것이다. 어머니가 땔감을 구하러 산행길에 나설 때면 나는 홀로 남겨지는 것이 싫어 따라가겠다고 떼를 쓰며 따라나설 때가 있었다. 그런 나를 한사코 떼어놓고 어머니가 산으로 가버리고 나면 나는 산 아래 개울가에서 한참 동안 울었다. 눈 속에 고인 눈물이 방울방울 아름답고 영롱한 빛으로 아롱질 때쯤에 나는 울음을 그치고 하늘에 번진 황홀한 눈물방울을 쳐다보다가 잠이 들곤 했다.

어느새 어머니가 돌아와 잠든 나를 깨워 반가이 바라보면 언제나 어머니의 작업복 호주머니엔 빨간 청미래 열매나 들국화, 원추리 같은 야생화가 꽂혀 있었다.

내가 조금 커서 어머니의 산행을 따라간 적이 있었다. 좁은 산길을 따라 서 있는 소나무 숲을 한참 걸어가니 하늘이 보이지 않는 참나무 숲에 닿았다. 어머니는 나를 큰 나무 아래 앉아 있게 한 다음 나무숲 저쪽으로 들어갔다.

숲의 천장에서 쏴— 하며 바람이 지나면 신갈나무 넓은

잎들이 서걱거렸다. 높은 나뭇가지 어디선가 큰 새의 낮은 울음소리가 길게 들리는가 싶더니 한참 후 정적 사이로 이따금 어머니가 나뭇잎들을 긁어모으는 소리가 들렸다가 사라졌다.

등 뒤 어디서 톡톡 도토리 떨어지는 소리 사이로 야생 동물의 발자국 소리가 들리는 듯하였다. 큰 나무 뒤에 드리워진 어둑한 그림자가 홀연 어떤 동물로 변신하여 나를 바라보고 있을 것만 같아 마음을 졸였다. 그때쯤 숲 저쪽에서 어머니가 부르는 구음 소리가 들려왔다.

밤새 하얀 눈이 내린 날이었다. 양은 들통에 김치를 담아 보자기에 싸서 들고 어머니가 내 손을 잡고 집을 나섰다. 동네의 넓은 땅을 가진 이웃집에서 머슴 일을 하며 사는 어떤 이의 작은 오두막 문 앞에서 어머니가 문을 두드리니 야위고 초췌한 모습의 중년이 고개를 내밀었다. 어머니가 무어라 말을 하며 가지고 온 것을 건네니 그는 연신 허리를 구부리며 인사를 했다.

집으로 돌아오는 길, 어머니는 내게 "최 씨네가 김장을 하지 않은 것 같아서 조금 나눠 먹는 거야"라고 말했다. 그러곤 눈 덮인 먼 산을 바라보며 "아름답데이"라고 혼잣말을 하는 어머니 옆얼굴이 환했다.

우리 집 형편이 넉넉한 편은 아니었지만 어머니는 형편이 어려운 이웃에게 돈을 빌려주고 돌려받지 못하는 일이 종종 있었다. 어떤 날은 빌려준 돈을 받으러 이웃집에 갔다가 밥을 굶고 냉골에서 떨고 있는 그 집 식구들을 보고는 집으로 돌아와 쌀이며 먹을거리를 갖다 주기도 했다.

어느 겨울날, 나는 꽁꽁 얼어붙은 동네 우물의 작은 얼음 구멍에서 물을 퍼 콩나물을 씻어 온 적이 있다. 어머니는 빨갛게 언 나의 손을 호호 불어주며 "깨끗하게도 씻어 왔구나" 했다. 그 칭찬에 신이 난 나는 무엇인가 어머니를 기쁘게 할 일이 없을까 궁리하곤 했다.

초봄의 냉기가 가시지 않은 들로 쑥을 캐러 가겠다고 나서면서 나는 어머니에게 치마를 입게 해달라고 졸랐다. 그러면 어머니는 나에게 내의를 입히고 그 위에 스타킹을 덧신게 한 다음 치마를 입게 하여 바구니와 칼을 챙겨주었다. 어린 내가 봄을 맞이하는 나름의 의식에 어머니가 기꺼이 응해준 것이다. 언 땅을 비집고 이제 막 올라온 쑥을 캐느라 한기 속에 꼬꾸라져 있는 나를 어머니는 집안일을 하다가 오며가며 멀리서 걱정스레 바라보았을 것이다.

집으로 돌아와 쑥바구니를 건네는 나를 보고 "깨끗하게 많이도 캤구나" 하며 칭찬을 해주었다. 어린것이 얼마나 깨끗하게 쑥을 많이 캘 수 있었겠나마는 어머니는 어린 나에게 언제나 칭찬을 아끼지 않았다.

어머니가 장티푸스를 앓아 누워 있던 장마철 어느 날, 폭우가 쏟아졌다. 택지로 개발 중이던 집 뒷산에서 빗물이 한꺼번에 우리 집 쪽으로 쏟아져 내려왔다.

아픈 어머니 곁을 지키고 있던 내가 집 안 여기저기를 훑어

보니 부엌 벽에서 축축이 물기가 배어 나오고 있었다. 어린 나는 생각 끝에 신문지를 가져다가 벽에 붙여가며 물기를 빨아내는 일을 반복했다. 그러고는 호미를 들고 집 뒤로 가 축대 위에서 우리 집 쪽으로 흐르는 물줄기를 바꾸느라 빗속에서 끙끙거리고 있는데 오빠들과 아버지가 귀가를 했다.

사경을 헤매던 어머니가 병석에서 일어나서 그때 일을 이야기하며 틈날 때마다 나를 칭찬했다.

버스를 타고 먼 곳까지 어머니를 따라 외출을 하며 차창 밖의 시내 풍경을 놀란 눈으로 바라보던 일, 다른 도시의 친척을 찾아갔던 일…. 오빠들과 나이 차이가 많은 탓에 늘 혼자 놀았던 나는 언제나 어머니를 따라다녔다. 그러나 복잡한 시장에 갈 때는 나를 집에 혼자 두고 갔다. 따라가겠다고 울며 떼쓰는 나에게 매를 들어 엄격하게 다루며, 데려가는 일이 드물었다.

그 후 초등학교 삼사 학년이 지나면서 나는 어머니를 따라다닌 일이 거의 없었다. 사춘기와 청년기의 힘들고 긴 시간들을 겪으며 철저히 혼자이기를 자청했다.

여고시절, 밤늦게 귀가해 어두운 내 방에 불을 켜면 어릴 적 내가 따라가곤 했던 숲으로 어머니가 등산을 가서 주워 와 삶은 밤 몇 톨과 영양제 병이 책상 위에 놓여 있었다. 그것이 어머니와의 유일한 소통이었다.

삶의 방향을 정하는 일, 그 길을 찾아가며 겪어야 했던 시행착오와 혼란의 시간 모두를 어머니 밖에서 혼자 겪었다.

그 후 내가 결혼을 하고 첫 아이를 출산하기 위해 친정에 있을 때, 여름비가 세차게 내리는 날이었는데 어머니가 산책을 가자며 우산을 들고 나섰다. 동네 주변 제척지를 우산을 쓰고 걷다가 어머니의 아픈 다리 때문에 걷기를 멈추고 우리는 빗속에서 한 개의 우산 속에 쪼그리고 앉아 비를 구경하며 얘기를 나누었다. 여름 긴 풀들이 빗방울을 조르르 굴려 떨어뜨리는 것을 바라보며 우산을 때리는 빗소리를 들었다. 문득 내가 오랫동안 어머니 곁을 비웠다가 돌아온 탕아처럼 느껴졌다.

내가 한창 미술가로 활동할 때, 어머니는 나의 작업실에 가끔 찾아와 수장고의 작품들을 뒤적여 당신이 이해하기엔 턱없이 난해한 작품들을 보며 흐뭇해했다. 그리고 신문에 난 나의 기사들을 사진앨범에 스크랩해두고 귀하게 보관했다. 언젠가부터는 동네 학원에서 급수를 올려가며 한문 공부를 한다기에 내가 어머니를 칭찬했다.

그러던 중 어머니가 지병이 들어 간병인과 단둘이 요양하고 있는 시골집으로 나는 아이들을 데리고 주말마다 찾아갔다.

불편한 몸의 어머니와 겨울밤 야조(夜鳥)의 노랫소리를 함께 듣고 정원의 봄꽃을 이야기하며 여름밤 평상에 누워 별을 바라보았다. 그러던 몇 년 후 어머니가 홀연 운명을 하였고 나는 영면에 든 어머니 손을 잡고 오래오래 흐느끼며 어머니와 함께한 이승에서의 시간을 마감했다.

어머니와 단절의 어둠이 내 몸을 가득 채워 밤마다 검은 장맛비가 내리는 꿈을 꾸었다. 꿈속의 모든 길들은 아래로만 향하고 나는 검은 깊이 쪽으로 쓰러져 일어서기 힘들었다.

그러나 언젠가부터 간장독 속 검은 간장 위에 뜬 흰 곰팡이 꽃처럼 내 몸 곳곳에 어머니와 함께한 시간들이 떠오르기 시작했다.

그 아름답고 그리운 시간들이….

골목의 시간들

사방치기 하는 아이들을 위해서 그림자는 기꺼이 땅바닥에 납작 엎드려준다. 공기놀이 하는 아이들 틈에 꼬리를 만 흰둥이도 머리를 들이대고 있다. 은빛 굴렁쇠 구르는 소리가 골목 모퉁이를 돌아와 계집애들 등에 무지갯빛 미소를 던지고 사라진다. 유리구슬 부딪치는 소리가 비바체로 솟구쳐 담장의 장미 넝쿨에 내려앉아 꽃봉오리를 터뜨린다.

낮은 지붕들의 어깨를 끌어당겨놓고 그림자가 슬그머니 사라지고 나면 저녁의 어둠들이 처마 밑으로 슬슬 기어든다. 봉창 안에서 달그락 거리는 부엌의 소리가 들리고 어머니들의 냄새가 골목 안에 가득하다.

아이들 부르는 소리가 녀석들을 하나둘씩 집으로 데리고

가고 나면 길모퉁이에 외등불이 켜진다. 간유리창 안에서 가족들의 도란거리는 소리들이 골목길로 흘러나와 길고양이 검은 털 위에서 미끄러진다.

집으로 돌아오는 발자국 소리들이 각자의 문 안으로 들어가고 한참 후, 지친 아버지의 고단한 그림자가 노란빛 외등 아래 서서 까맣게 바랜다. 언니의 늦은 귀가 데이트를 담 너머 훔쳐보던 무화과의 둥근 볼이 불그레 달아오른다.

골목은 그리움의 그 모든 시간들이다. 골목은 시간이 만든 공간적 정서이다.

노는 아이들을 바라보는 문간 평상 위 노인들의 미소가 만든 시간이고, 아무도 없는 집으로 향하는 하굣길, 담장 너머 말 걸어오던 장미의 시간이다. 그리고 밤늦게 귀가하는 아버지의 고단한 그림자의 시간이며 가난하고도 행복했던 그 모든 시간들이다.

그러나 초고층 빌딩과 휘황찬란한 아파트, 높은 벽과 벽 사이로 떠다니는 이민자들의 무채색 거주지들이 번식하듯 도시를 점령해버리고 이제 낮은 집들과 집들 사이의 길, 골목길은 없다.

사라진 골목의 시간들을 찾아 우리들은 정처 없이 떠돈다. 바닷가 마을로, 버스종점이 있는 외곽지로, 개발의 가치에서 소외된 달동네로….

그런데 언젠가부터 골목벽화 프로젝트가 그나마 남아 있는 골목의 시간들을 송두리째 지우고 있다. 골목의 시간적 공간 미학은 전혀 무시한 채 비어 있는 벽이면 어디든 배, 물고기, 해바라기 같은 낡은 개념의 도안화들과 정체성을 알 수 없는 그래픽들을 무차별적으로 그려놓고 도시재생의 취지를 내세운다. 그리고 방송매체를 통해 유명세를 탄 골목은 상업적으로 변질되어 병폐적 자본화로 치닫고 있다.

골목을 찾아 먼 길을 달려온 사람들은 그 현란한 그림들에 의해 가려진 골목의 시간들이 너무 안타깝다. 깡그리 지워져 버린 그리움들이 슬프다.

도시재생의 목적으로 우리나라 전역에서 경쟁적으로 시행되고 있는 골목벽화 그리기는 방범이나 폭력예방의 효과를 본 몇몇 사례를 제외하고는 대다수가 보여지는 미관을 중시하는 전시행정의 하나라고 생각한다.

고단하고 힘든 삶을 지불하며 이루어놓은 귀한 골목의 시간들을 지우고 골목과는 무관한 문화를 덧씌워 소중한 골목 문화가 사라지고 있다. 또한 관리 부실로 인해 시각공해로 전락할 가능성이 크다.

눈에 보이지도 않고 손에 잡을 수도 없는 추억과 그리움, 또는 상상을 유발하는 감성의 가치는 우리가 이 시대에 추구해야 할 고부가가치임에도 불구하고 귀한 무형자산을 스스로 파기하고 있는 셈이다.

그리고 낮은 지붕과 담 사이로 이웃 간의 따뜻함이 드나들던 골목을 버리고 이룬 급성장으로 인한 인간 상실의 대가가 오늘날 우리의 삶 곳곳에서 어두운 모습으로 드러나고 있음을 우리는 직시해야 한다.

　이제 '성장'이나 '발달' 같은 명시적 차원에 앞서 우리 선대들이 힘든 시간의 대가로 일구어온 '골목'이라는 아름다운 재산을 소중히 보존하여 우리 모두의 자부심의 하나로 간직해야 될 때라고 생각한다.

　우리 곁에 남아 있는 골목을 정비하고 잘 다듬어 아름다운 골목의 정서를 보호, 유지한다면 세계인이 즐겨 찾아가는 크로아티아의 오랜 마을의 골목과는 차별화되는 또 다른 미학적 가치를 내세워도 모자람이 없을 것이다.

　힘든 현실에 지친 몸을 이끌고 찾아가 낮은 집들의 처마 밑에 오래 서 있고 싶은 어머니 집 같은 그곳….

나오시마 가는 길

오랜 계획 끝에 나오시마행 여정에 올랐다. 일본에 도착하
여 간사이 열차 패스를 발권하기 위해 공항 내 발권소 앞의
긴 줄에 서서 차례를 기다려야 했다.

그때 마주한 다국적의 소란과 번잡함으로 인해 여행에 대
한 막연한 기대는 피로감으로 바뀌기 시작했다. 그리고 낯선
행로를 환승하며 누적된 긴장의 피로가 밀려올 즈음, 나오시
마에 도착하기 전 중간 기착지인 오카야마에 도착했다.

호텔에 여장을 풀어놓고 일본의 3대 정원이라 일컫는 고라
쿠엔으로 갔다. 입구에 들어서자 연못을 중심으로 갖가지 수
목들을 요소요소 배치하여 잘 가꾼 정원이 한눈에 들어왔다.

낮의 시간은 비스듬히 서쪽으로 기울고 있었고, 봄꽃은 아

직 이른 듯 색채의 화려함은 없었다. 잔디의 녹색이 낮게 가라앉아 있는 연못 사이를 걸으며 여정의 긴장과 피로가 이완되어감을 느낄 수 있었다.

그러나 얼마 지나지 않아 잡초 한 포기도 허용하지 않는 꼼꼼한 정원 관리와 연못 속의 예쁘고 살찐 잉어들의 구태의연한 유영을 내려다보며 타국에까지 따라온 내 속의 권태를 느끼기 시작했다.

또한 미리 수차례 폐원 시간을 반복 방송하며 퇴원을 종용하는 공원 관리로 인해 나는 또 다른 긴장으로 위축되어야 했다.

버스를 타고 숙소 근처로 돌아갔다. 퇴근하는 사람들로 붐비는 역 광장 분수대 앞에 서서 우리와 다를 바 없는 지친 도시인들의 저녁을 물끄러미 바라보다가 직진 방향으로 걸었다. 철시한 상가들이 늘어선 어둑한 골목에 드문드문 주점들이 불을 밝히고 있었다.

길을 나아갈수록 골목엔 점차 설익은 어둠이 고여들어 둔탁한 정적이 발길에 차이는 듯했다. 골목을 몇 번 교차하는 지점에 이르렀을 때 막연한 방향성마저 잃고 막다른 어둠 앞에서 아득함이 밀려왔다.

그때 어둠 속에서 저 멀리까지 이어진 희미한 물체의 커다란 배열이 눈에 들어왔다. 꽃이 핀 큰 나무들 사이, 드문드문 외등이 불빛을 흘리고 있었다. 가까이 다가가 보니 그리 크지 않은 수로를 끼고 나무들이 줄지어 있는 공간 사이사이에 소박한 의자가 놓여 있고 자그마한 공중화장실까지 설치되어 있었다. 우연히 찾은 이곳은 니시가와 수로 공원이었다.

주변 상가들은 일찍 문을 닫고 수로를 따라 벚나무들이 조용히 꽃을 피워 올려 고즈넉한 저녁의 어둠이 내려앉고 있었다. 한 쌍의 젊은이가 말없이 앉아 있을 뿐 인적이 없는 수로변을 물이 흐르는 역방향으로 천천히 걸었다.

이제 막 피기 시작한 벚꽃이 가로등 불빛을 받아 싱싱하게 빛났다. 마치 무릉도원으로 가기 위한 은밀한 입구인 양 발걸음이 조심스러웠다. 수로 가의 습기로 인해 희뿌연 저녁이 촉촉이 젖어 점차 내 어깨 위에서 무거운 밤으로 변해갔다. 얼마간 걷다가 수로를 향해 놓인 작은 벤치를 찾아 앉았다.

유난히 이른 일본의 저녁으로 인해 긴 어둠에 길들여지기를 강요라도 당한 듯 어느새 나는 어둠에 익숙해져가고 있었다. 그때쯤 발아래 흐르는 수로 속 물의 흐름이 눈에 들어왔다.

외등의 불빛을 받아 번들거리며 도심 쪽 어딘가를 향해 빠르게 흐르는 검은 물 덩어리가 왠지 시간이란 생명체처럼 느껴졌다.

삶의 책임이라는 무거움이 검은 무게를 싣고 알 수 없는 곳을 향해 돌이킬 수 없는 속도로 흘러가는 생의 모습 같아 정신이 번쩍 들었다.

매일 똑같은 시간에 붓을 들고 끄적거리다가 창밖에 꽃 피고 지는 것을 바라보며 하루해가 저무는 어제와 다름없는 오늘. 바로 그것이 무섭고도 무거운 생의 흐름이란 것을 타국의 낯선 저녁에 앉아 적나라하게 바라보게 된 것이다.

언젠가부터 늘 비슷한 붓질로 캔버스를 대하며 내 감동의 샘물이 서서히 바닥을 드러내감을 느끼게 되었다. 그것은 무척 참담한 인식이었다. 나는 굳고 녹슬어가는 심장을 두드려 깨울 감동을 찾아 나서야만 했다. 그리하여 오래전부터 계획해둔 예술섬 나오시마행을 결행하게 된 것이다.

그러나 안도 다다오와 제임스 트렐, 월터 드 마리아 그리고 이우환. 그들이 이룩한 위대한 예술이 나를 새로움으로 이끌어주지 않을까 하는 막연한 기대에 비해 나오시마에 이르는 길은 그리 간단한 일이 아니었다.

지독한 오지인 나오시마에 가기 위한 여정을 계획하기까지 두어 해가 걸렸으니 여느 여행과는 분명 다른 별난 데가 없지 않았다. 낯선 곳에서 여러 번의 환승과 길 찾기의 긴장을 예상하여 나오시마에 이르기 전 중도에 오카야마에서 일박을 하기로 했던 것이다.

그날의 오카야마 저녁 산책은 나오시마의 위대한 예술을 만나기 위한 엄숙한 준비 과정이었는지도 모른다. 적당히 예술에 기대어 살아가는 나에게 삶의 성찰 없이는 나오시마가 허락될 수 없다는 준엄한 경고였던 것이 아닐까.

다음 날 오카야마를 출발한 열차를 차야마치 역에서 환승하고 우노 항에 도착하여 다시 나오시마행 여객선을 탔다.

무차별 개발로 황폐해진 작은 섬들이 가까이 지나치는 풍경을 바라보며 나는 예술 섬에 대한 어떤 기대도 갖지 않은 채 뱃머리에 무심히 앉아 있었다.

그런데 미야노우라 항에 설치된 쿠사마 야요이의 빨간 호박이 선명히 모습을 드러내며 배의 속도보다 더 빨리 내게로 다가와 내 가슴을 서서히 진동시켰다. 나오시마가 나를 허락해주는 것이 분명했다.

나오시마에서의 삼 일은 걸핏하면 나를 뒤흔들어왔던 '꿈'과 '포기'의 확실한 답을 얻기에 충분한 날들이었다. 나는 어리석지만 다시 꿈꾸기로 했다.

벚꽃의 시간

꽃샘 한기가 옷섶을 파고들던 며칠 사이 벚나무 가지 군데 군데 불그레한 부스럼 같은 징조가 드러나기 시작한다. 겨울 동안 차가운 냉기를 온몸으로 받아내던 그 단단한 피부를 뚫고 아픔 같은 붉은 발아가 마침내 시작된 것이다.

차가운 바람을 따라 매화 꽃잎 분분히 날려 아쉬움만 남은 그 뒷자리에 봄의 붉은 예감들이 움트기 시작한다. 잔설의 기운들을 온전히 걷어내며, 산과 들, 우리 눈길 닿는 모든 곳에 밤마다 누군가 점점이 꽃등불을 내건다. 상록수 사이사이 화사 등불을 켠 앞산이 아침이면 탄성으로 다가온다.

낮은 집 창가에도 꽃그림자 그윽하고, 지친 일상의 거리를 달리는 차창 밖이 행복하다. 벚꽃나무 가로수 아래서 버스를 기다리는 사람의 발밑에 삶의 각질들이 부스스 떨어져 내리고 지친 삶을 짊어진 이들이 꽃나무 아래 서서 먼지 앉은 심장을 털고 갈 길을 간다.

해마다 겨울의 잔해를 뚫고 피어나는 벚꽃의 열흘은 빈부의 구별도 없이, 상하도 없이 우리 곁으로 와 평등의 선물을 안겨준다. 이 얼마나 고마운가.

담장 옆에 만개한 벚꽃이 월담하려던 밤손님의 발목을 잡아끌어 갈 길을 방해하리라. 아픈 이들은 빈 가지가 이루어내는 놀라운 만개를 바라보며 새 생을 꿈꿀 것이고 꽃나무 아래 서 있기만 해도 갈등과 반목의 관계들 사이에 떨어져 덮이는 하얀 꽃잎은 용서라는 이름의 꽃을 다시 피우게 될 것이다.

누구에게나 허락된 이 풍요의 행복은 상상이나 무조건적인 믿음의 강요가 아니라 우리 피부에 닿는 현실의 천국이다. 자연이 우리에게 주는 위대한 선물인 것이다.

나무는 몸속의 옳은 것들을 잃지 않기 위해 어여쁜 것들을 떨구어내는 아픔을 겪느라 늦가을 밤의 한기도 알지 못했으리라. 길고 긴 겨울, 아무도 찾지 않는 어둠에 서서 안으로 안으로 굳건히 내면을 다독이며 저 깊은 땅속의 맑은 의지들을 길어 올려 가지 끝자리에 꽃의 징조를 하나하나 심어두었으리라.

차가운 삭풍이 몰아쳐도 꺾이지 않는 인내를 벗은 몸 곳곳에 내장한 모습은 숭고함 그 자체이다. 내가 겨울의 문을 꽝

꽁 달아 걸고 따스한 온기만을 찾아 맴돌 때 나무는 꽃의 찬
란한 시간을 짓느라 별과 바람과 태양과 수많은 거래를 하였
겠지. 걸핏하면 창밖의 무표정한 잿빛 산을 바라보며 긴 겨
울을 탄식하는 동안 나무는 꽃의 시간을 위해 쉴 새 없이 일
을 하고 있었을 것이다.

마침내 붉은 예감을 터뜨리고 꽃이 세상을 밝히는 시간.
지상의 여기저기에서 폭죽이 터지듯 어둠이 사그라져 꽃으
로 바뀌어가는 그 은밀한 나무의 혁명을 우리는 눈치채지 못
한 채 꽃의 시간이 우리에게 온다.

불현듯 우리 곁에 다가와 있는 꽃의 시간은 어떤 종교적
축복보다 더 강렬하다. 꽃나무를 바라보는 이들은 기쁨과 행
복에 겨워 들뜨고, 꽃나무 아래 서면 착해지고 싶은 욕망으
로 부풀어 오른다.

세상 모든 이가 자연으로부터 받아 든 평등한 선물,

그 열흘간의 행복한 벚꽃의 시간.

문화를 거닐다

한때 나는 서울 대학로 근처에 거주한 적이 있었다. 종종 오전시간에 대학로 거리를 하릴없이 걸었다.

빈 거리 여기저기 닫혀 있는 공연장 입구에 붙어 있는 수많은 포스터가 지난밤 무대 위의 다양하고도 뜨거운 삶을 말해주는 듯했다. 삶을 던지고 부수고 짓이겨 그 깊이를 낱낱이 발겨 드러내 보이는 일. 그 현장의 문밖에 서서 생의 비린내를 맡았다.

대학로 거리 여기저기에 간밤 사람들이 흘리고 간 감동의 부스러기들이 늦은 아침의 젖은 그림자 위에 흩어져 있는 골목을 돌아 아직 열리지 않은 작은 갤러리 앞에 닿았다. 실험의 고뇌와 희열이 엿보이는 젊은 작품이 쇼윈도 안에서 나를 쳐다보았다.

창작이란 고통과 희열의 양날의 칼로 내 안의 욕망을 해부하는 일이란 것을 저 젊은 작가가 나에게 되물어 오는 듯했다. 그래서 나는 그의 작품 위로 내 아침의 그림자를 슬며시 드리워주었다.

종업원이 찻집 문을 열고 있었다. 찻집 창가 자리에 앉아 녹색 잎들이 붉은 벽을 뒤덮어 마치 보색의 강렬한 추상회화 같은 건물을 바라보았다.

생명이 도시 한 공간을 예술로 변화시켜가는 것을 마주보며 차를 마셨다.

이파리에 붙어 있던 오전의 햇살 조각들이 서서히 아래로 떨어져 내렸다. 이따금 불어오는 바람결에 융단 입자들이 미세한 파동으로 움직이며 거대한 검녹의 생명체로 바뀌어 갔다.

이 층에서 내려다보이는 이른 오후의 거리 속으로 대학로를 만드는 사람들이 드문드문 나타났다가 골목 저쪽으로 사라져 갔다. 나도 거리로 나와 다시 걸었다.

TV에서 자주 보는 유명 연기인이 공연장 입구에 서서, 내가 그를 바라보듯 그도 대학로 풍경 속의 나를 무심히 바라보았다. 그 순간이 마치 내가 그와 함께 선 연극 무대 위의 한 장면처럼 느껴져 입가에 미소가 번졌다.

작업등 아래 젊은 여자가 허리를 구부린 채 작업에 열중인 수공예 가게를 지나 골목 어디쯤 있는 국수집에 들어갔다. 작은 테이블이 비좁게 놓여 있는 자리에 앉아 벽에 빼곡히 적혀 있는 공연인들의 한마디 글들을 하나하나 읽어보았다. 싼 국수 한 그릇을 놓고 젊음의 붉은 꿈을 다짐하는 저 수많은 문장들이 애처롭고도 뜨거워 가락국수를 넘기며 목이 멨다.

아르코 벽돌 층계에 걸터앉아 마로니에 공원 저편에서 들려오는 누군가의 기타연주 '알함브라 궁전의 추억'을 들으며 익명의 공백 속으로 기우는 오후의 그늘을 만져보았다.

헌책방 페스티벌이 벌어지고 있는 공원 한편 가판대에서 박완서의 여행기와 젊은 음악가의 유학기, 신미식의 사진집, 전경린의 에세이 들을 골라 가슴에 한가득 안고 인파가 불어난 거리를 걸어 늙은 플라타너스 가로수 아래를 지나 나의 작은 거처로 돌아왔다.

그리고 밤마다 나는 책들 속 몇 개의 낯선 세계를 물고기처럼 유영하여 새로운 아침에 당도하곤 했다.

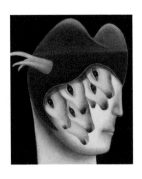

팔순 노모의 그림

가끔 만나 차를 마시는 K가 어느 날 그녀의 팔순 노모가 그린 몇 점의 종이 그림을 펼쳐 보였다. 시골에서 홀로 사시는 노모는 낮에는 채전을 가꾸고 밤에 심심풀이로 가벼운 재료를 이용해 그림을 그리신다고 한다.

집 주변의 낮과 밤, 여름과 겨울, 다른 몸짓으로 일렁이며 서 있는 나무들, 그 나무 안에 깃들어 사는 새들 가족, 안채로 향하는 길가에 서 있는 꽃과 풀들, 열린 방문을 향하여 앉아 있는 자신의 모습과 양복차림의 남자….

한 생의 긴 이야기들이 평생 동안 자신의 생활 주변에서 동거해온 몇몇의 이미지 속에 투영돼 있었다. 단순하고도 고요한 어법으로 표현된 그림은 이 시대의 어떤 그림 속에서도 찾아보기 어려운 독특함이 배여 있었다. 몇 점의 그림을 통해 한 인간의 비밀스런 삶을 들여다보는 듯한 신비감마저 들었다. 뭐라 말할 수 없이 묘한 시와 같은 그 그림들로 인해 한동안 내 생활에 향기로운 여운이 따라다니는 듯했다.

국내 대형 미술관에서 열리는 세계명화전에 관람자들이 줄을 잇고 있다고 한다. 나도 그 전시를 관람할 계획을 세워두고 있지만 그 거장들의 명화들이, K의 노모가 그린 그림들이 내게 전해준 감동의 여운을 완전히 밀어내지는 못할 것 같다.

노모의 작은 작품들이 이미 내게 그림이란 무엇인가를 새롭게 일깨워주었기 때문이다.

2

내 안의 힐링

지난가을 개인전이 가까워질수록 쌓여가는 중압감으로 지쳐가던 나는 제주도 떨이 항공권을 입수하게 되었다. 개인전을 치르고 난 후 감당해야 할 복잡하고도 미묘한 심경으로부터의 탈출을 미리 준비해둔 셈이었다. 이를테면 작품에 대한 평가나 성과 그리고 전시로 인해 발생하는 소소한 불편들을 정면으로 마주할 자신이 없는 내가 미리 예술활동에 대한 반성적 자아로부터의 도피를 도모해둔 것이었다.

개인전이 끝나는 날, 예술적 반성을 회피한 초라한 모습의 나는 늦은 오후 제주도에 도착했다.

밀감밭 어디쯤 김영갑갤러리 '두모악'이 있었다. 사진작가 김영갑이 루게릭병을 진단받고 폐교를 세내어 혼신을 다해

갤러리로 꾸며놓은 곳이었다. 손수 심은 나무들과 설치해둔 갖가지 조형물 사이를 걸으니 그의 숨결이 느껴져 발걸음조차 조심스러웠다. 갤러리 입구의 사무실에 그가 생전에 쓰던 작업도구와 서적, 애장품들이 마치 그가 작업을 하다가 방금 어딘가로 출타라도 한 듯 생생히 놓여 있었다.

전시실에 들어서서 심상치 않은 나의 예감과 사진 속 그의 눈빛이 마주한 순간부터 그는 작품을 관람하는 나의 뒤를 따르고 있었다.

안개와 바람과 어둠과 빛이 우리의 삶의 모습으로 풍경화된 작품들이 그의 혼령처럼 우뚝 우뚝 서 있었다. 한라산 중산간 어디쯤에서 수없이 많은 시간을 파쇄해가며 죽음 같은 고독 속에 서서 기다렸을 빛에 짓이겨진 어둠과 요동치는 고요와 명징한 불투명들이 나를 향해 서 있었다.

그것들에게 자신의 육신을 조금씩 조금씩 내어주며 끝내 삶의 고통과 어둠을 향해 거침없이 걸어 들어가 그가 그토록 사랑한 제주의 자연이 되어버린 것일까.

파노라마 안개의 들판에 저 먼 나무 한 그루, 밤새 서걱거리며 수런거리는 잎새들의 어둠, 지상의 가장 무거운 밤이 오렌지빛으로 부러지는 소리들. 그리고 걸핏하면 찾아가던 어머니 집 같은 오름들과 굳은 화산석 생채기 위로 하염없이 밀려와 덮이는 하얀 포말의 위로. 그 붉고도 아픈, 짧은 생의 언어들….

　그는 순수 자연풍경을 통해 우리의 삶을 읽어낸 몇 안 되
는 작가 중의 한 사람인 듯했다. 진정한 자유인이 되고 싶었
고, 사진을 찍다가 죽을지도 모른다는 생각에 결혼을 하지
않았다는 그는 지독한 생활고에 시달리면서도 사진만을 위
해 전생을 다 바쳐 예술을 완성한 위대하고도 행복한 예술가
임에 틀림이 없었다.
　마음이 무거웠다. 오랜 시간을 각고하여 전시를 준비해놓
고 타인의 평가가 두려워 쩔쩔매고 상업성과 작품성 사이에
서 어정쩡히 헤매며 삶의 많은 것을 예술에 기울이면서도 종
종 적당히 타성화된 채 살아가고 있는 부실한 내가 그의 위
대한 예술에 의해 무참히 함몰되기에 충분했다.
　갤러리 뒤편 무인 카페에 감동과 충격을 달래는 몇몇 사람
들이 찻잔을 앞에 놓고 소리 없이 앉아 있었다. 나도 그 틈에
앉아 찻잔 속에 드리워진 어두운 내 모습을 내려다보았다.
따듯한 찻잔에 두 손을 모아 한참을 내려다보고 있자니 어
느새 김영갑의 예술에 의해 쓰러졌던 나의 의지와 신념들이
하나둘 일어서는 게 느껴졌다.
　그의 아름다운 삶과 예술이 부족한 나를 일으켜 세우며 어
깨를 다독여 격려하는 듯했다. 갤러리를 나올 때 그는 이미
내게 스승이 되어 있었다.
　우리는 지금 힐링이 필요한 힘겨운 시대를 살고 있다. 고

속 경제 성장에 따른 정신적 빈곤과 빈부 격차로 인한 박탈감, 급변하는 시대 속에서 따라가지 못하는 속도에 대한 좌절, 과도한 성장 욕구에 의한 과열 경쟁의 폐해 등 문명의 그늘에서 지치고 상처 입은 영혼들이 길을 잃고 헤맨다.

그리하여 많은 사람들이 삶에 지친 영혼을 이끌고 명사들의 힐링콘서트를 찾아가고, 밤새워 위로의 문장을 뒤적이고, 배낭을 메고 낯선 나라의 명소를 찾아 길을 떠난다.

그러나 진정한 힐링은 어디에도 없다. "내가 누구인지 묻고 또 물어라"고 법정스님이 말하지 않았던가. 대상을 통하여 참 나와 만날 수 있다면 길가의 한 포기 잡초에게서도 힐링은 가능하다는 것을 우리는 알고 있다.

비바람에 쓰러진 풀잎이 스스로 일어서듯이 나를 일으켜 세울 수 있는 존재는 바로 자신밖에 없다고 생각한다.

나를 관조하여 얻어지는 치유, 힐링은 내 안에 있다.

내 마음의 보석상자

 거리를 걷고 있었다. 어둑해져가고 있는 거리 저편에 사람들이 운집해 있는 것이 보였다. 나는 다가가 사람들 틈을 비집고 안을 들여다보았다. 붉은 사람과 검은 사람이 상처 난 얼굴로 서로를 노려보며 씩씩거리고 있었다. 묻지도 않았는데 앞에 서 있던 사나이가 "먹이 싸움이야. 그것만 있으면 배부르고 폼 나게 살 수 있지"라고 정면을 향한 채 말했다.

 양편의 일당인 듯한 무리들이 상대를 향해 날선 구호를 외치며 점차 분위기가 험악해졌다. 붉은 사람이 검은 사람의 하반신을 잡고 쓰러트리자 붉은 일당이 환호를 하며 날뛰기 시작했다. 검은 패거리들이 팔을 걷으며 앞으로 나서기 시작하더니 싸움은 그야말로 난장판이 되었다. 나는 측은함과 불쾌감이 느껴져 그 자리를 떠나 골목길로 들어섰다.

이미 어두워진 골목 전신주 뒤에 서 있던 검은색 얼굴의 어떤 사람이 무언가 중얼거리며 씹던 껌을 뱉었다. 무서운 생각이 들었지만 왠지 돌아서지 못하고 계속 나아갔다. 불 꺼진 광고판 뒤에서 붉은 얼굴이 비웃듯 낄낄거리며 내 발 앞에 또 껌을 뱉었다. 나는 바짝 긴장한 채 서둘러 골목을 빠져나와 육교 위에 올랐다.

평소 늘 바닥에 깡통을 놓고 엎드려 있던 걸인이 나를 정면으로 보고 서 있었다. 나는 모르는 척 지나가려는데 순식간에 그가 "탐욕!"이라고 외치며 숟가락 자루로 나의 옆구리를 찔렀다. 그러자 내 옆구리에서 풍선이 터지듯 검붉은 바람이 빠져나왔다. 꿈이었다.

잠이 깨어 이런저런 생각을 하며 누워 있는데 창밖의 어두운 하늘에 야간 비행선이 불빛을 반짝이며 날아가는 것이 보였다. 문득 몇 년 전 맹그로브 숲을 찾아 떠났던 여행으로부터 돌아오는 비행기 안에서 황홀하고 아름다운 보석을 만났던 일이 생각났다.

말레이시아 코타키나발루발 인천행 비행기. 모든 승객들은 고꾸라진 고개를 간신히 가눈 채 새벽의 깊은 잠에 빠져 있었다. 그런데 나는 도무지 잠을 이룰 수 없어 조그만 불빛이라도 나타나주기를 고대하며 어두운 창밖을 내다보고 있었다. 그때 기내의 모니터에서는 한국영화가 가쁜 스토리로 방영되고 있었다. 힐끗 모니터를 올려보다가 다시 창밖을 내다보는 순간, 저 아래 불빛이 보이기 시작했다.

오렌지빛과 형광빛의 점들이 정연함과 흩어짐의 아름다운 질서로 펼쳐져 있었다. 마치 다이아몬드나 비즈로 수놓은 듯, 아름답고 황홀한 빛의 예술 같았다. 검은 정적 속에 가라앉아 광채를 발하고 있는 빛의 파노라마를 숨죽여가며 내려다보았다.

항만의 외곽을 따라 푸른 형광빛들이 외줄로 반복되다가 해안선 밖 검은 천 위에 여기저기 꽃잎을 던지듯 하얗고 노란 빛들을 수놓고는 은빛을 따라 도시 안으로 굽이쳤다. 오렌지빛들이 증식하여 내륙 깊숙한 곳까지 내달려가 여기저기 성채를 세워놓고 푸른빛과 노란빛을 차례로 꿰어 또 다른 도시에 다다랐다.

물결이 퍼져나가듯 방사선으로 생성된 빛의 도시들이 일시에 대도시 쪽으로 쏟아져 마침내 커다란 보석 덩이로 빛나고 있었다. 순간 보석함을 훔쳐보고 있는 내가 주인에게 들키지나 않을까 하는 착각마저 들었다. 다시 심장을 빠져나온 피처럼 푸른 빛들이 내륙 깊숙한 곳에 외딴 빛들을 걸어두고 지친 듯 검은 땅덩이가 허리를 돌아누웠다. 그리곤 어느새 작은 빛들이 하나둘 어둠 속으로 사라져갔다.

고개를 들어보니 모니터에서 방금 대만을 지나온 운항 지도를 보여주고 있었다. 조각배 같기도 하고 잎사귀같이 생긴 타이완 섬의 밤 풍경이었던 것이다. 기내를 둘러보니 승객들은 여전히 깊이 잠들어 있었다. 지금까지 없던 나만의 비밀이 생긴 듯, 내밀한 흥분을 감출 길 없어 가만히 눈을 감았다.

어릴 적, 어머니 한복에 곱게 빛을 발하던 나뭇잎 모양의 브로치가 떠올랐다. 초등학교 수학여행지 기념품 가게에서 내가 고심 끝에 골라 어머니께 선물한 그 브로치. 어머니는 어린 나의 미숙한 선물에도 크게 기뻐하며 잔잔한 꽃무늬 저고리에 그것을 달고 "우리 딸 선물"이라며 자랑하시곤 했다.

어머니가 환하게 웃으며 내게로 다가왔다가 이내 당신의 나라로 사라져갔다. 그러자 순수한 감동과 행복한 그리움이 내 마음 깊은 곳으로 들어와 아름다운 보석이 되었다.

나는 지난해 가을부터 최근까지 잇달아 세 번의 해외 아트페어에 참여했다. 우연한 기회로 시작한 일이 점차 세계 시장의 중심으로까지 가게 되었다. 그러나 이 시대의 다양함 중의 하나일 뿐인 작품을 가지고 그 먼 곳까지 가서 전시를 마치고 돌아오는 심경은 그리 가볍지 않았다. 그래서일까? 아트페어에서 돌아오는 비행기에서 내려다본 끊임없이 펼쳐진 동토가 죽음 같은 냉기로 나의 과욕을 나무라는 듯했다.

성공적 화업이라는 구속에서 벗어나고 싶어 하면서도 한편으로는 성공의 욕망을 버리지 못하는 모순된 두 개의 자아가 내 안에서 충돌하면서 종종 불면과 악몽에 허덕이게 된다.

이제 나의 어딘가에 잠복하였다가 불쑥불쑥 나타나 내 영혼을 병들게 하는 닿을 수 없는 꿈, 이룰 수 없는 욕망들을 모조리 걷어내야겠다. 그리고 가슴 깊은 곳에 가라앉아 있는 내 마음의 보석상자를 열고 '순수한 감동'과 '행복한 그리움' 같은 보석들을 하나씩 하나씩 불러내 보리라.

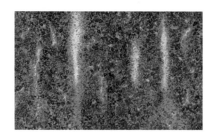

톤레삽 호숫가의 집들

옷장을 정리하다가 장롱 가득 몇 년째 입지도 않고 버리지
도 못한 채 자리 바꾸기를 계속해온 옷가지들을 한심하게 바
라보고 있자니 지난겨울의 캄보디아 여행 중 톤레삽 호숫가
의 집들이 떠올랐다.

'킬링필드'의 현장 프놈펜으로 가는 배를 타기 위해 톤레
삽 호수로 향하는 승합차가 다국적의 여행자들을 싣고 갈대
숲이 광활한 들판을 가로지르고 있었다. 그때 지평 위로 문
명 이전의 원시적인 거대한 해가 온 세상을 붉고 뜨겁게 달
구며 떠올랐다.

차의 소음으로 갈대숲 속에서 서식하고 있던 수많은 작은
새들이 하늘로 일제히 날아올라 오렌지빛 공기 속으로 사라

졌다. 숨이 멎는 것 같았다. 처음 만난 그 경이로운 광경은 내가 마치 다른 별에 와 있는 것 같은 착각을 일으키게 했다.

그리고 그것은 내 가슴 어딘가에 숨어 있던 욕망의 불덩어리가 아닐까 하는 생각에 공포스런 경이로 가슴이 뛰었다.

차가 호수에 가까워지자 점차 인가의 기미가 나타났다. 좁은 도로를 사이에 두고 작은 집들이 늘어서 있었지만 집이라기보다는 갈대로 엮은 움막에 가까웠다.

차창에서 휜히 들여다보이는 방 안에는 가구라 할 것도 없이 함 하나와 선반, 벽에 걸린 옷 두어 가지뿐이었다. 부모는 새벽 난장에 나갔는지 발가벗은 아이가 요강에 앉아 있었고 늙은이가 긴 머리카락을 앞으로 젖히고 느리게 빗질을 하고 있었다. 작은 화덕 위에서 그을린 주전자가 희미한 김을 뿜고 있는 호숫가 집들의 아침 풍경은 소유의 욕구에 쫓겨 부산한 우리네 아침과는 확연히 달랐다. 그들은 최소한의 도구만으로 일구어내고 있는 욕심 없는 삶의 원형을 조용히 보여주고 있었다.

승합차가 마을을 빠져나와 선착장에 이를 때까지, 내 생활을 점유하고 있는 수많은 문명의 물건들이 곧 내 생의 짐이 아닐까 하는 생각으로 마음 한 구석이 무거워졌다.

끝없는 욕망을 채우기 위한 복잡하고 무거운 우리의 삶이 톤레삽 호숫가의 부족하고 가벼운 삶보다 결코 행복한 것은 아닐 것이라 생각되었다. 이윽고 세계 각지에서 온 여행자들을 실은 여객선이 망망대해 같은 호수 위로 나아가니 수상가

옥들이 나타났다.

아낙들이 빨래를 하고, 아이들이 그 물에 뛰어들어 놀고, 작은 배를 저어서 통학을 하고, 아침의 부엌연기가 피어오르는 그들의 소박한 일상이 거대한 여객선이 일으킨 밀물에 위태롭게 일렁거렸다.

그런데 많은 사람들 틈에 끼여 수상가옥을 구경하느라 고속 질주하는 뱃머리에 매달려 있을 때, 욕망과 문명의 때 가득한 우리에게 폭풍 같은 바람이 공격하듯 달려들었다.

나만의 이브

창밖 너머 전동차가 붉은빛이 감도는 초저녁 도시 속으로 쿵덕거리며 미끄러져가고, 그 뒤를 이어 정체 모를 선명한 고요가 작업실 곳곳에 앙금이 되어 가라앉는다. 서쪽 창으로부터 침투한 저녁의 붉은 입자들이 이젤 위에 놓인 캔버스에 부딪쳤다가 툭툭 아래로 떨어져 검은 정적으로 쌓인다. 어둠이 작업실 구석구석으로 파고들어 와 모든 사물들을 하나씩 검게 지워버린다.

수십 년째 먼지를 이고 서 있는 오래된 욕망들, 그 수많은 구작들, 버리지 않고 꽂아둔 수백 개의 닳은 붓자루와 물감들, 벽에 기대서 있는 오랜 망설임의 빈 캔버스, 실패를 거듭하고 있는 이젤 위의 작품을 하나씩 지워버리고 마침내 나는 검은 바다에 떠 있는 섬처럼 어떤 목적도 수식도 없는 본연의 내가 되어 오도카니 어둠 속에 서 있다.

어제와 다를 바 없는 오늘이건만 12월의 끝자락 저녁은 왠지 사뭇 다르게 다가온다. 이렇다 할 종교를 갖지 않고 살아가고 있는 나는 성탄과 송년이라는 두 개의 특별함으로 인해 이즈음 숙연한 일몰과 어둠, 정적 속에 가만히 앉아 나만의 의식을 치른다. 한 해 동안 나와 함께 걸어온 기쁨이나 슬픔을 그리고 과오와 후회들을 하나하나 돌아보며 같이 갈 것과 떠나보낼 것들을 위한 묵도를 한다.

그리고 나는 세모의 화려한 빛이 넘실거리는 거리로 나선다. 육교를 건너고 가로등 불빛을 밟으며 분주한 인파의 틈을 지나 버스 정류소에 서서 아무 데나 가는 버스를 기다린다.

대학 시절이었다. 청춘의 아픔을 나라고 피해 갈 수 없었다. 미래에 대한 막연한 불안과 굳게 닫힌 예술이란 큰 문 앞에서 볼품없는 미숙한 자아로 수많은 밤을 서성이다가 맞은 내 젊은 날의 어느 크리스마스 이브였다. 나 스스로가 아니고는 누구의 부축으로도 일어설 수 없는 자폐의 나락에 누워 참혹한 앓이를 하다가 일어나 무작정 걸었다. 그리고는 아무 버스에나 올라탔다.

오후 언제쯤인가 창밖의 거리엔 사람들이 하나같이 잿빛 옷을 입고 느리게 오가는 것이 보였다. 아무런 표정도, 어떤 소리도 없이 무성 영화 같은 풍경이 차창 밖으로 지나가고 있었다.

　옆자리의 사람은 물론 나조차도 숨을 쉬고 있는 것 같지 않았다. 바깥 풍경이 점점 더 늘어져 마침내 정지한 것 같았다. 오가던 사람들과 차량들이 제자리에 선 채 얼음이 된 듯했다. 고개를 돌려 사방을 둘러보려 애썼지만 여의치 않았다. 그때 갑자기 마술이 풀리듯 사람들이 일어나 하나둘 버스에서 내리는 것이었다. 나도 따라 얼른 버스에서 내려 정류소 푯말을 올려다보았다. 태종대였다.

　짝을 지은 무리들이 향하는 쪽으로 나도 걸어갔다. 검은 소나무들 틈 사이로 바다가 무겁게 출렁이는 것이 보였다. 차가운 바다 공기가 옷자락을 헤치고 들어와 내 몸을 조그맣게 쪼그라트렸다. 바닷새들은 모두 어디로 사라졌을까. 그토록 사랑스럽고 탐스러운 하얀 가슴을 내 눈앞에까지 들이대며 날갯짓하던 새들이 자취를 감추고 없었다.

　창공을 가르며 솟구쳐 올라 푸른 자유를 일깨워주던 그들이 없는 바다는 지상의 끝 어디쯤인 것 같았다. 더 나아갈 수 없는 막다른 길 위 전망대에서 사진을 찍거나 먼 바다를 보며 환호하는 사람들이 모여 있었다. 나도 그들 틈에 끼여 동북쪽으로부터 어둑한 운무가 수평선을 서서히 지워가는 것을 바라보았다. 수평선 위 그 어디에 심어둔 내 젊음의 푸른 꿈들이 발아래 아득한 해안 단애 밑자락으로 달려와서는 자해를 하듯 부딪쳐 사정없이 깨어지는 파도를 하염없이 내려다보았다. 그런데 어디선가 가늘게 흐느끼는 소리가 느껴져 옆을 돌아보니 어떤 여자가 소리 죽여 울고 있었다.

나는 모른 척, 깨어지는 파도를 내려다보고 있었지만 신경은 온통 그 여자에게 쏠렸다. 무언가 결심하고 이 자리에 왔건만 차마 결행하지 못하고 울고 있는 걸까? 그녀의 흐느낌은 좀처럼 끝날 것 같지 않았고 나는 행여 다른 이들의 구경거리가 될까 하여 바짝 그녀의 곁으로 다가서서 우는 모습을 가리려 애썼다.

바다를 덮은 운무가 불그레한 어둠으로 바뀔 때까지 그녀의 흐느낌은 계속되었고 나는 그녀 옆에 서 있었다. 멀리 밤배의 불빛들이 하나둘 떠오를 때쯤 진정이 된 듯한 그녀가 그 자리를 조용히 떠나고 난 뒤 나도 왔던 길을 되돌아가 버스를 탔다.

왠지 가슴에 따스함이 고이는 듯했다. 얼었던 몸이 녹아 점차 원래의 나로 돌아갔다. 전원이 들어온 듯 내 몸 구석구석에 따뜻한 온기가 느껴지고 모든 것들이 살아 움직이기 시작했다. 그제서야 차창 밖 풍경이 눈에 들어왔다.

항구 앞바다에 꽃등 같은 배들이 떠 있고 차량들의 꽁무니에서 흘러나온 명주실처럼 매끄러운 빛들이 도시의 거리를 거대한 비단 폭으로 만들었다. 한껏 멋을 부리고 차려입은 사람들이 버스에서 내려 비단 폭 여기저기로 걸어 들어가 화려한 꽃무늬가 되어 출렁거렸다. 버스에서 내려 오렌지빛 웃음소리와 담소들이 스며 나오는 골목길을 천천히 걸어 내 집 앞에 이르렀을 때 대문의 작은 외등이 주변을 새삼 환하게 밝히고 있었다.

　그날 밤 깊은 잠 속에서 나는 그녀와 함께 푸른 수평선을
바라보고 서 있었다.

비우기의 한 가지

어스름 저녁이면 붓을 놓고 온천천을 걷는다. 갖가지 계절 꽃과 풀들을 보며 아무런 방해 없이 나만의 생각에 빠질 수 있어 걷기를 즐긴다.

나는 폐활량이 적어 뛰기보다는 걷기를 더 선호할 수밖에 없는데, 최근 의학 보고서가 걷기의 효능에 신뢰를 더해주니 신나기까지 하다.

그런데 걷기만으로 성이 차지 않는다는 남편에게 이끌려 주말에는 근교의 높은 산으로 향했다. 예전에 그 산을 힘들 게 올랐던 기억에 두려움과 도전의 마음으로 배낭을 꾸려 집을 나섰다.

산은 한층 짙어가는 가을빛으로 물들어가고 있었다. 도심을 벗어나 아름다운 자연을 마주한 것에 만족해하는 것도 잠시, 산길에 접어들자마자 가파른 경사의 오르막이 시작되었다.

가을 숲의 정취를 느낄 새도 없이 숨을 헐떡거리며 산을 오르니 얼마 되지 않아 온몸이 더워지며 몸의 수많은 숨구멍들이 열리는 듯했다. 숨결은 더욱 가빠지고 가슴이 빠르게 뛰었다. 마침내 나의 숨소리가 내 귀에 들리지 않았다. 열린 숨구멍으로 몸속의 온갖 잡기운들이 빠져나오는 듯하고 숨통이 터져버릴 것처럼 팽창되어 고통스러웠다.

정수리로 뜨거운 의혈이 솟구칠 듯 거친 숨결이 꼭지에서 요동쳤다. 아무런 생각도 할 수 없고, 아무것도 보이지 않았다. 내 몸에 들러붙어 있던 잡다한 사념이나 부질없는 걱정들이 심장이 내뿜는 열기를 타고 내 밖으로 떨어져나가 숲 여기저기로 흩어지는 것 같았다.

그즈음 낙엽이 떨어져 편한 자리에 주저앉아 숨결을 고른 다음에야 길가에 핀 보랏빛 쑥부쟁이가 눈에 들어왔다.

억새꽃이 은빛으로 일렁이는 고지 평원 끝자락, 파란 하늘에는 하얀 구름 한 조각이 북동쪽으로 떠가고 있었다. 멀리 그 풍경을 바라보고 있자니 가슴에 동경과 꿈같은, 오래전에 내 속 어딘가로 사라져버린 감성들이 슬그머니 고여드는 것 같았다.

정상에 올라 발아래 수많은 산들을 내려다보며 도시락을

까먹고 휴식을 취한 다음 해질녘 내리막길을 벌벌 떨며 내려와 한 이틀 근육통에 시달렸지만 왠지 상쾌하다.

산에다 무언가 버리고 온 것 같다.

그리고 내가 새로워진 것 같다.

나와의 대결

　정오의 햇살이 마룻바닥에 내리꽂히고 있었다. 빛의 광기가 매섭게 달려들어 주위의 모든 기운들을 평정해버린다. 가만히 가라앉아야 했다. 무언가 시도하려던 의지를 놓고 뒤로 물러서기로 했다. 마침 나뭇가지에 앉아 창 안을 물끄러미 들여다보던 까마귀조차 내가 긴 의자에 드러누워 사물들에게 던진 시선으로부터 외면당하는 순간을 용인하는 듯했다.

　화면 곳곳에 상징과 은유의 내밀한 이미지를 숨겨두고 눈을 맞추어가며 완성을 앞둔 캔버스가 지치고 바랜 빛으로 무심히 나를 바라보고 있었다. 팔레트에 짜놓은 프러시안 블루 위에 허연 먼지가 쌓이기 시작했다. 물감이 말라비틀어진 붓자루가 유통에다 마른기침을 했지만 나는 그것들을 돌볼 기력을 잃고 소파 속으로 깊이깊이 파묻혀갔다.

틀어놓은 음악은 주파수를 잃어버리고 어느 상공을 떠돌고 있겠지. 불쌍한 라흐마니노프, 라벨… 그 고독한 사티에게조차 연민의 포옹을 건네지 못하고 내 사지의 뼈와 살은 아래로만 향하고 있었다.

나는 더 이상 어떤 소식도 기다리지 않기로 했다.

아니 기다리지 않는다.

그런 결심에도 불구하고 거칠게 내 문을 열고 들어오는 절망. 저 비웃는 듯한 입가의 미소와 어깨를 추켜올린 거만한 방문을 바라보고만 있어야 했다. 드러누운 몸을 엉거주춤 일으키고 있던 나의 발치를 툭툭 건드리더니 어느새 놈은 나의 안좌를 차지한 채 턱을 괴고는 나를 빤히 올려다보았다.

그 뻔뻔함이란….

달달한 노곤함에 누워 싸구려 향내 풍기는 나락으로의 추락을 즐기던 나의 안락한 좌절마저 허락되지 못한 채 나는 안절부절 어찌할 바를 몰랐다. 의자에 드러누운 그 뻔뻔한 것은 급기야 나를 향해 이죽거리기 시작했다. 야만적인 비하와 수치스런 모독을 질겅질겅 씹은 후 나를 향해 뱉어냈다. 나는 더 참을 수 없어 그것을 내 집 안에 두고 밖으로 나왔다.

해가 지고 있었다. 가로수의 일정한 간격 사이로 지나가는 어떤 바람의 기미는 없었다. 동네 빵집 유리문 안에서 빵봉지를 든 이가 나와 신호등 아래 섰다. 그 옆을 지나 큰 도로가로 나갔다. 버스가 발진하며 굉음을 내지르고 달려갔다.

나는 삼거리에서 어디로 갈까 망설이다가 재래시장 쪽으로 향했다.

내가 시장통으로 막 들어서려 할 때 그 악취 풍기는 권태가 내 뒤를 따라오고 있었다는 것을 알았다. 나는 언짢은 기분을 감추며 모른 척 시장 안으로 들어갔다.

찬거리를 사러 나온 사람들이 시장통을 가득 메우고 있었다. 젊은 리어카 생선장수가 종일 서서 생선 내장을 손질했는지 그의 곁을 지나칠 때 역한 비린내가 풍겼다. 등이 굽은 할머니는 앉은자리 앞에 푸성귀를 놓고 그것들을 다듬느라 손톱 밑이 까맣다. 그 모습을 내려다보고 있는데 그 버릇없는 절망이 나를 향해 입을 삐죽거려 보였다.

나는 얼른 자리를 옮겨 내가 몇 번 조개를 샀던 난전으로 갔다. 날카로운 칼로 온종일 조개를 까느라 퉁퉁 불어버린 아주머니의 손이 여전히 빠르게 움직이고 있었다.

내 곁에서 그것을 보고 있던 썩는 냄새의 허무가 어쩐지 아무런 말이 없었다. 게다가 내가 시장 건물로 들어가려 몸을 돌리자 그것이 내 그림자 뒤로 물러서는 게 아닌가. 나는 그것이 그러거나 말거나 자주 가는 칼국수 집에 가서 국수를 시키고 주변을 둘러보았다. 저녁식사 때가 되어서 그런지 집집마다 사람들이 만원이었다. 그런데 여느 때처럼 이 집을 마주한 가게는 자리가 없어 서서 기다리는 사람이 많은 반면 이 집은 빈자리가 많았다. 별반 맛의 차이가 없는데도 불구하고 이 집은 손님이 많지 않지만 주인 부부는 아랑곳하지 않는 눈치다. 간간이 찾아오는 손님에게 친절히 인사하고 국수를 삶아내고 배추를 다듬고 김밥을 말고….

그 집을 찾아갈 때마다 다른 집과 비교되는 손님의 숫자 때문에 주인 부부가 내심 힘들어할 것이라 생각했다. 그것이 나와 가까운 작가의 성공을 태연한 척 바라봐야 하는 나의 열패감과 같은 것이리라 생각하며 그들에게 연민을 품어왔다. 그런데 이제 그것이 나의 어리석은 착각이란 걸 받아들여야 할 것 같았다. 그 부부의 한결같은 삶의 태도를 바라보며 속된 경쟁심으로 비뚤어져 있는 내가 부끄럽게 느껴졌다. 욕심 없이 자신들의 일을 묵묵히 수행하며 행복을 일구어가는 그들이 무척 아름다워 보였다.

국수 그릇을 비우고 밖으로 나왔을 때 그 기분 나쁜 좌절이란 놈은 멀리 도망치고 보이지 않았다. 거리는 갈 때와는 사뭇 달라 보였다. 예쁜 조명등이 켜진 가게에서 음악 소리가 새어나오고 삼삼오오 무리 진 사람들이 오가는 골목은 생기로 채워지고 있었다.

분주해지는 저녁의 상가 거리를 걸어서 삼거리를 지나 빵집에서 비치는 오렌지빛 조명을 밟으며 새잎이 돋으려는 가로수 밑을 지나 집으로 돌아왔다.

거처주의자

지난 봄, 산길을 다니다가 내 눈에 들어온 이름 모를 들꽃이 있었다. 그것을 뿌리째 조금 뽑아 들고 와서 화분에 심어 창가에 두고 물을 주었다.

제 집을 떠나 엉뚱한 장소로 끌려온 꽃들이 행여 몸살을 앓다가 죽지나 않을까 하여 작업 중에도 맘은 녀석에게 가 있었다. 햇볕을 따라 화분을 돌려주기도 하고 아프지 않느냐고 물어도 보고 내가 듣는 음악을 함께 듣자고 청하기도 했다.

그러던 며칠이 지나자 시들하던 잎이 생기를 찾아 힘 있게 일어서는 것 같았다. 낯선 환경에 적응하여 새롭게 삶을 찾는 녀석에게 거듭 미안함을 떨칠 수 없었지만 녀석은 어느새 내가 매일 아침 인사를 건네는 우리 집의 일원이 되어 삶을 동행하게 되었다.

어젯밤 불려놓은 흰콩이 물기를 듬뿍 머금은 채 투명하고 통통하게 불어 있었다. 믹서에 물과 콩을 넣고 갈아 콩죽을 끓였다. 불린 쌀을 조금 넣고 가스레인지 앞에 서서 천천히 저었다. 뿌연 콩물이 끓어오르고 구수한 향이 퍼졌다. 콩물이 자작해지고 쌀이 어우러져 되직한 죽이 되었다.

대접에 죽을 뜨고 나박김치를 곁들여 한술 떠먹어보았다. 어린 날 장작불이 타오르던 아궁이 앞에서 콩죽을 끓이던 어머니의 부엌이 떠올랐다.

어머니는 하루 전날 불려놓은 콩을 절구질하여 큰 솥에 붓고 쌀을 더해 불을 지피고 넘치지 않도록 정성껏 저었다. 다시 불을 다루고 뜸을 들여 완성한 콩죽을 식구들이 둥근 상에 둘러앉아 먹던 늦가을 저녁, 국화꽃 핀 꽃밭이 있는 어린 날의 집이 그리움으로 떠올랐다.

배탈이 났다. 며칠 전부터 뱃속의 불쾌감을 떨칠 수 없더니 마침내 밤새 고약한 일을 치러야 했다. 몸속의 많은 것들이 위아래로 빠져나가고 병원 신세까지 지고 나니 껍질만 남은 몸속에 몇 개의 기진맥진한 정신이 둥둥 떠다니는 것 같았다.

주변에 널린 수많은 먹거리와 편리한 생활 방식이 때론 인간을 역공하여 질병이나 퇴화를 유도하는 주체가 되어가는 것이리라.

며칠 몸을 추스르고 일어나 빨래를 삶았다. 행주를 삶고

속옷과 수건들을 삶았다. 빨랫감들이 보글보글 끓어오르자 불을 낮추고 한참 뒤 들여다보니 노란 땟물이 우러나왔다.

그놈들이다!

차가운 물에 몇 차례 헹궈내니 빨랫감들이 뽀얗게 변했다. 그것들을 건조대에 널고 창문을 열어 바람을 통해주었다. 다음 날, 하얗고 뽀송뽀송한 빨래를 개키는 즐거움…. 내 생활의 전복을 음모하는 것들을 처단하였다.

어느 날 방송을 통해 쓰레기 더미 속에 사는 사람들을 보았다. 남들이 쓰다 버린 온갖 물건을 주워 모아서 그 틈새에 겨우 몸을 의지에 살아가는 이의 삶이 안쓰럽기 그지없었다. 왜 그것들을 버리지 못하고 저렇게 살아가고 있을까 싶지만 한편 그들은 어쩌면 우리 모두가 이루어놓은 화려한 문명의 그늘이라고 생각되었다.

벼르고 있던 옷장 정리를 했다. 한동안 모여진 옷들이 옷장 안을 가득 메우고 있었다. 옷장 문을 열 때마다 나의 삶 언저리를 서서히 침투해오는 무거운 물질감을 느끼지 않을 수 없었다.

버리기 아쉬워 몇 년째 옷걸이를 차지하고 있던 외투를 꺼내 이리저리 맞추어보고 버릴 것을 가려냈다. 일 년이 넘도록 입어지지 않는 옷을 과감히 색출해내고 용도를 분류하고 비슷한 옷을 줄이고 남은 것들을 꺼내 거풍을 하였다.

그러고 나니 구석에 박혀 있던 쓸 만한 옷이 발견되기도 했을 뿐만 아니라 느슨해진 옷장의 옷들이 한눈에 들어와 기분이 상쾌했다. 생활의 묵은 껍질이 한 켜 벗겨진 느낌이었다.

윗집에서 아이가 뛰기 시작한다. 콩콩콩, 이 방 저 방 뛰어다니는 소리가 우리 집을 휩쓸고 다닌다. 글을 쓰다 말고 천장을 쳐다보며 소리가 잦아들기를 기다린다. 잠시 소리가 멈추는가 싶더니 또다시 뛴다. 글쓰기를 접고 눈을 감고 소리를 따라간다.

무언가 꼬마에게 신나는 일이 있는 모양이다. 작은 발바닥을 힘차게 내딛을 때마다 녀석의 심장이 빠르게 박동치고 두 볼은 발갛게 달아올라 즐거움이 가득하다. 건강한 우리의 미래가 아파트의 좁은 공간에서나마 씩씩하게 자라고 있다고 생각하고 싶다.

아이의 뛰는 소리가 멎었나 했더니 이번엔 안주인의 청소 소리가 요란하다. 어제 청소를 하는 것 같더니 오늘도 하나 보다. "젊은 사람이 참으로 부지런하구나"라고 탄식하다가 어느새 나는 청소를 끝낸 그녀와 아이의 시간을 상상하기 시작했다.

그녀가 간식을 먹는 아이에게 책을 읽어주고, 아이가 조그만 다리를 흔들다가 불현듯 새로운 단어를 말하는 기쁨에 겨워한다. 아이의 보드라운 볼과 조그만 발을 씻기고 깨끗한 옷을 입혀 작은 솜이불 속에 눕히고는 그녀의 어머니가 전해준 자장가를 불러 낮잠을 재운다. 잠든 아이의 고운 얼굴을 바라보는 젊은 아낙의 행복한 오후를 떠올려본다.

어느새 내 거처에 와 있는 고요와 평화.

단순한 삶

　하루종일 방송사마다 이른바 '먹방'을 경쟁적으로 방영한
다. 시도 때도 없이 보여주는 음식 쇼로 인해 사람들은 시간
에 관계없이 배가 고프고 이유 없이 식욕이 돋는다.

　더군다나 야간의 먹방은 사람들의 밤늦은 허기를 거침없
이 자극한다. 그리하여 군침 도는 TV 화면 앞의 사람들은 견
디지 못하고 야식의 밤을 가동하게 된다. 꺼졌던 부엌의 불
이 다시 켜지거나 아파트 마당에는 배달 오토바이 엔진 소리
가 요란하고 밤늦은 초인종 소리가 바쁘게 울린다.

　먹방이 음식으로부터의 힐링이며 음식의 인문학과 철학을
담고 있는, 시대적 필요에 의한 문화라는 정의가 무색하게
과식의 밤은 매일 반복되는 일상이 된다.

그리하여 사람의 혀와 위장은 날로 진화하고 마침내 다른 모든 감각과 장기들은 퇴화하여 새로운 인류로 변해갈지도 모를 일이다. 또 영양과잉이 생명에 재앙을 초래하는 미래가 기다리고 있지 않을까, 그런 무서운 상상을 해본다. 과열된 먹방의 불을 꺼야 한다.

딸아이가 결혼하여 출가를 했다. 이후 내 생활의 폭이 한층 줄어들고 예전에 비해 나의 활동 반경도 많이 좁아져 삶의 정비가 필요함을 느꼈다. 우선 간소하면서도 질적으로 향상된 식생활을 모색하기로 했다.

최대한 간단한 조리법으로 기본 영양소에 준한 식단을 준비하고 저녁 한 끼는 무거운 밥과 반찬을 빼고 하루 필요량의 제철 야채와 과일 같은 단순하고도 질 좋은 식품으로 대신하기로 했다.

그렇다면 저녁을 준비하느라 분주하던 시간을 낮에 하던 작업의 에너지를 이어가는 데 쓸 수 있을 것이다. 그리고 때때로 감성 물씬한 저녁의 음악이라든가 서녘으로 기우는 노을의 시간에 방해 없이 심취 할 수 있는 여유를 가질 수 있으리라 생각한다. 부엌의 잡다한 주방기구들은 꼭 필요한 것들만 두고 정리를 했다. 한동안 장을 보지 않고 냉장고에 보관돼 있던 식재료들은 먹을 수 있는 것들을 골라 조리해 먹고 정리하여 되도록 여유 있는 냉장고를 유지할 것이다.

불어나는 나이와는 반대로 음식의 섭취량을 줄여야 할 뿐만 아니라 내가 삶의 종착역에 닿았을 때 비로소 빈 몸이 될 수 있도록 세월과 함께 늘어난 삶의 도구들을 하나씩 줄여 나가야겠다고 생각한다.

너무 많은 것들이 우리의 삶을 점유하여 물성으로 가득 채워진 공간에서 우리는 곧잘 길을 잃는다. 내 영혼의 위치와 나아갈 방향을 찾을 수 없어 헤매기 일쑤다. 그리하여 이유도 모른 채 아픈 영혼을 이끌고 매일 똑같은 일상을 의미 없이 반복하며 밤이면 불안의 서(書)를 뒤적거리게 된다.

어쩌면 저 많은 물질들은 우리가 만든 사유의 배설물일 것이다. 냉장고를 가득 채운 식품들, 몇 번 입지 않고 옷장에 계속 걸려 있는 옷가지들, 순간의 편리함에 구입한 갖가지 가재도구들까지. 이 많은 물건들은 내가 구입하고자 하는 욕구를 채우고 난 후부터 잊히거나 존재의 가치를 상실한, 단지 사유의 쓰레기로 전락해버린 것들이 아닐까.

배설물은 어서 치워야 한다. 그것들을 버리지 않고 마냥 쌓여둔다면 '악화가 양화를 구축한다'는 말처럼 나는 어느새 그것들에게 정복되어 물질의 노예가 되어갈 것이다. 영혼이 자유롭지 않은 삶은 얼마나 끔찍한 일인가.

작업을 하다가 해가 질 녘이면 집 근처 산으로 간다. 운동 온 사람들이 집으로 돌아가고 난 빈 산은 많은 수풀들의 향연으로 눈길을 뗄 수 없다.

광합성을 끝낸 저녁의 나무들은 나를 품을 듯 다소곳이 내려다보고, 키 작은 야생초들이 맑은 이슬을 머금은 채 나를 쳐다본다. 큰 나무들 사이 몇 개의 작은 고개를 굽이돌아, 운동구장에서 기구들로 몸 구석구석을 일깨운 다음, 집으로 돌아온다. 그리고 간소한 식사를 한 후 내게 허락된 넉넉한 밤 시간의 여유를 즐긴다.

필요한 만큼의 음식을 섭취하고, 나의 식탁에 오기 전 그것들이 들이켠 하늘과 바람과 비를 느낀다.

생활에 빈 공간을 만들고 군데군데 마음과 가슴이 머물도록 한다. 내가 유용하게 쓰는 물건들을 다듬어 돌보며 의미를 부여해주고 그 사물들의 이야기를 듣는다. 해가 들 때와 날 때, 다르게 말 걸어오는 사물들에 의해 내 거처는 무료를 비껴간 의미들로 채워져 삶이 한층 충만해질 것이다.

삶이 단순해지면 삶에 던져진 의미들이 오히려 또렷해져서 내 영혼이 기름지고 건강해질 게 분명하다.

앞만 보고 달려온 생의 질주를 멈추고 나를 둘러본다. 쓰다 널브러진 생의 조직들을 정비하고 삶의 도구들을 정리하여 생의 남은 시간을 단순하고 깊이 있는 삶으로 채우고 싶다. 그리하여 나의 삶이 분명한 존재로서 하나의 이름을 갖게 된다면 비로소 '나의 생'이라 말할 수 있을 것이다.

내 이름은 춘자다

창가에 서서 베란다 아래 벚꽃이 만개한 거리를 무심히 내려다보고 있는데 벨이 울린다. 문을 여니 K가 가슴 가득 봄꽃을 안고 서 있다. K는 그것을 나에게 건네주고는 나의 고맙다는 말 반 토막을 남겨둔 채 황급히 계단을 내려갔다.

꽃다발을 풀어 꽃병에 조화롭게 꽂아서 창가 수납장 위에 놓는다. 조팝꽃, 알스트로메리아, 라눙쿨루스…. 밖에 있던 봄이 내 집 안으로 들어와서 내게 과분한 향기와 생기를 건넨다. 때마침 나는 '자라는 땅'이란 테마의 그림을 마무리 짓고 있던 차에 뜻밖의 꽃 선물을 받고 이 봄을 완성하게 된 것이다.

언제나처럼 올봄도 어렵게 시작했다. 무언가에 잠을 빼앗기고 살얼음 같은 밤을 힘겹게 건너 간신히 허옇게 바랜 새벽에 다다르는, 고통스런 초봄의 날들을 보내야 했다. 가족이 모두 잠든 어두운 창가에 서서 베란다 아래의 둑 변 도로 위에 드리워진 벚나무 가지의 차가운 그림자를 내려다보거나 유리 같은 잠을 차라리 박차고 일어나 작업실에 들어가 낮에 하던 작품을 소리 죽여 작업하며 새벽이 밝기를 기다리기도 했다. 그리고 표백제를 먹은 듯 백화된 머리로 책을 읽으며 간절히 잠을 고대하느라 초봄의 밤을 앓아야 했다.

봄이 그렇게 오고 있었다. 얼음 칼 같은 냉기가 나뭇가지를 흔들어대는데도 어린 새싹은 언 땅 사이를 뚫고 뽀얀 맨발을 내딛어 굳은 땅을 부드럽게 다독인다. 그렇게 봄이 한 발, 두 발 다가오고 있었다. 온갖 땅속 생명체를 불러 깨워서 가지 끝까지 수액을 실어 날라 마침내 꽃눈을 터뜨리기 시작했다.

내 이름은 춘자다. 바로 이맘때 '봄이 보낸 자식'이란 이름으로 태어났다. 그래서 잠을 잘 수 없었을까? 길고 긴 어둠 같은 겨울의 벽을 깨트리고 화려하고 찬란한 봄을 일으켜야 할 것 같은 나의 이름이 나를 초봄의 편안한 잠에 안주하도록 내버려둘 수 없었던 것일까?

봄은 아무도 눈치채지 못하는 사이 조금씩, 조금씩 우리의 곁으로 와서 어느 날 불현듯 따스한 햇볕과 아기 손 같은 이파리와 꽃봉오리를 우리에게 선사한다. 그래야 봄이다. 그러니 모든 것들이 잠든 사이 부지런히 일을 했어야 했던 것이

다. 어두운 창가에 서서 차가운 나뭇가지를 내려다보며 서성
이는 일, 생명을 형상화하는 일, 부족한 지식을 채우는 일들
을 하며 만물이 깨어나는 이 땅의 힘겨운 진통을 지켜야 이
름값을 할 수 있는가 보다.

나의 이름은 TV 드라마나 신문의 사회면 기사에서 낮은
삶들의 대명사다. 오래전 어떤 자리에서 지금은 작고한 원
로 평론가가 안쓰러운 듯 나에게 개명을 하라고 권하자 옆에
있던 젊은 평론가가 "어때서요? 괜찮은데" 하며 나의 눈치를
보면서 두 사람은 서둘러 대화를 마무리 지었다. 그 일이 있
은 후 나는 이름을 고칠까 하고 신중히 고민했다. 그런데 그
당시는 나의 작품 속에 생명의 언어들이 거침없이 쏟아져 나
오던 시기였다.

생명의 물을 머금고 꼬부라진 것들, 부릅뜬 씨눈들, 약동
의 힘으로 꿈틀대는 꽃대, 겨울의 껍데기에서 방금 깨어 나
온 애벌레들…. 수많은 봄의 언어들을 신문지에, 갱지에, 캔
버스에 가릴 데 없이 손닿는 대로 그려댔다. 나의 작업실은
생명의 기호로 넘쳐났고 밥을 먹을 때나, 잠들기 전, 빨래를
할 때에도 가슴에서부터 팔을 통해 뭔가 빠져나오는 듯한
느낌이 들었다. 나는 배설을 하듯 내 안에 든 생명 언어를
쏟아냈다.

슬그머니 그런 생각이 들었다. '내 이름 때문일까?' 이름을
운명적 삶이라 합리화하면서 곰곰 생각을 했다. 갑자기 '내
이름이 춘자가 아니라면 이런 그림을 그릴 수 없지 않을까'

하는 엉뚱한 확신을 하게 되었다. 그때부터 개명에 대한 고민을 접기로 하였다.

봄꽃이 피고 나는 거짓말처럼 편한 잠을 이룰 수 있게 되었다. 열어둔 작업실 창으로 부드러운 바람이 드나들더니 그 바람결을 타고 집 앞 초등학교 지붕에서 울던 새의 예쁜 노랫소리가 내 창가에 와 머문다.

나는 서둘러 붓을 씻어두고 시장으로 달려가 꼬물거리는 바지락이며 봄나물을 파는 할머니들의 좌판을 기웃거리면서 장을 봐 온다. 갖은 봄것들을 넣고 물김치를 담아 부엌 한편에 두고 오며 가며 흐뭇하게 쳐다본다.

햇살 좋은 날 시외로 나가 땅에 얼굴을 박고 돌멩이를 뒤져 뽀얀 아기 발가락 같은 어린뿌리를 구경하며 쑥을 캐 온다. 쑥을 깨끗이 손질하여 들깨가루와 콩가루를 더해 쑥국을 끓인다. 전철을 타고 화훼 시장으로 가서 눈곱만 한 하얀 꽃이 박힌 야생화를 사다 화분을 만들어 창가에 두고 물을 준다.

또 작업을 하다가 온천천에 나가 죽은 잎사귀를 헤치고 올라온 원추리, 금계국, 수국 들의 새싹에게 반가운 인사를 하며 혹한의 차가운 물 위에서 겨울을 버텨 온 오리들에게 대견하다는 미소를 보낸다. 얼어 죽었으리라 여겼던 유채가 어느새 튼실한 꽃대 위에 노란 꽃잎을 이고 일렁이는 향기로운 길을 따라 멀리까지 걸었다가 돌아온다.

병석에서 일어난 환자처럼 입맛이 돌고 삶에 새롭게 도전하고 싶은 쑥스러운 용기마저 생긴다. 나를 분노케 하던 일들이나 사람들을 용서하게 되고 그리운 이를 찾아 나서고 싶어진다. 봄엔 이렇게 할 일이 많다.

봄의 기미가 보이기 훨씬 전부터 지금까지 이토록 온몸으로 반응하는 나는 영락없는 '봄의 자식'인가 보다. 여고시절 자주 다니던 화방 주인아저씨가 나를 'Spring son'이라고 불러주던 기억이 난다. 나를 '춘자'라고 부르기가 본인 스스로 어색하여 불러준 애칭이었겠지만 나는 이미 그때 '봄의 자식'이란 작위를 받은 거였구나 하는 우스운 생각을 해본다.

만물이 태동하는 밤을 지키며 자라는 땅을 돌보고 찬양하는 일을 수행하는, 봄이 보낸 자식. 내 이름은 춘자다.

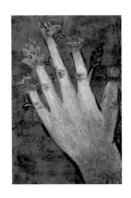

낯섦이라는 호기심

참담한 현실에 의해 꿈과 미래가 구부러트려진 두 청춘 남
녀의 좌절을 담고 있는 영화 〈마이 제너레이션〉.

재경이 카드깡으로 현금을 마련하기 위하여 어두운 골목
길을 이리저리 사채업자를 따라가는 장면이 나온다. 나는 그
때 그 긴 어둠이 그녀를 겁탈이나 그 어떤 최고조의 곤궁에
빠트리기 위한 설정일 거라고 미리 짐작하고 뻔한 복선에 대
한 실망으로 순간 짜증스러움이 치밀었다. 그러나 그런 일은
일어나지 않았고 사실적인 줄거리로 연결되었다.

어둠을 무섭고, 불쾌하고 나쁜 징조로서의 익숙한 어둠으
로만 인식하고 있던 나는 이 영화의 감독이 의도하지 않은
'어둠'이라는 함정에 스스로 걸려든 것이다. 그 장면 속에서

의 어둠은 재경이 감당하기 힘든 현실의 깊이이거나 그 어떤 또 다른 삶의 어둠이었을 것이다. 이를 눈치 채지 못한 나에게 영화는 한 방의 린치를 가하며 질 좋은 리얼리티를 완성하고 있었다.

아트페어에서도 관람자들의 익숙함에 대한 취향이 뚜렷이 드러난다. 대중에게 이미 많이 알려져 유명세를 탄 작품이거나 쉽게 다가갈 수 있는 단순하고 익숙한 작품들이 많은 사람들의 관심을 받는 우리 미술시장의 모습은 다양한 성향의 작품들을 선보이며 예술적 순수성을 즐기는 다른 나라의 아트페어와는 많은 차이를 보인다.

바쁘고 복잡한 이 시대를 살아가는 우리들은 단순하고 화려한 달콤함에 빠르게 익숙해져 심오한 고찰이나 사유를 강요당하는 일 없이 쉽게 힐링을 취하고자 한다. 그래서 그런 작품들이 전시된 부스에 많은 사람들이 관심을 보이는 점이 우리 미술시장의 현실이다. 따라서 판매성이 부각되는 작품에 대한 시장의 요구를 외면할 처지가 못 되는 많은 작가들은 예술성과 상업성 사이에서 갈등할 수밖에 없다.

힘든 현실에 지친 사람들이 익숙함이라는 단순성으로부터 위로를 얻고자 하는 욕구를 이해 못할 일은 아니다. 또한 "작품성은 미술관에서나 찾아야 하지 않느냐?"고 반문할 수도 있다. 그러나 누구에게나 열려 있는 미술관을 좀처럼 찾지 않는 사람들이 자신에게 익숙한 감성만으로 예술적 교감의 대상을 찾는 편협함이 안타까운 것이다.

또한 그런 상황이 예술의 자본화를 부추기고, 무겁고 깊은 논의에는 더 이상 귀 기울이지 않는 현실이 우리의 예술발전을 저해하는 큰 요인이라 생각된다.

다양함이 결여된 사회에서는 풍요로운 삶을 영위할 수 없다고 생각한다. 익숙함과 단순함에 길들여진 지각은 복잡하고 깊이 있는 사고를 기피하며 말초적인 미혹에 갇혀 어떤 도전이나 변화를 시도할 수 없을 것이다.

그러면 우리는 가볍고도 편중된 문화 속에서 지극히 지루하고 생기 없는 삶을 살게 될 것이라는 나의 생각이 지나친 우려일 수도 있다. 그러나 모든 발전은 다양함의 충돌 속에서 일어나는 변화의 욕구로부터 시작된다는 것을 부인할 수는 없다.

얼마 전 열렸던 아트페어에서 있었던 일이다. 익숙한 느낌의 작품들이 대다수인 틈에서 어둡고 깊은 사유를 자극하는 인물화 몇 점을 만났다. 나는 그 그림들 앞에서 걸음을 오래 멈추어야 했다. 삶의 비애 또는 절름거리는 흐릿한 꿈의 흔적 같은, 알 수 없는 암시들이 묻어나는 그림들이었다. 그 그림들에는 아무도 관심을 갖지 않아 오랫동안 나의 관람은 방해받지 않았지만 한편으로는 사람들의 그런 무관심이 안타까웠다.

어둠은 우리에게 삶의 깊이와 신비를 알게 하고 알 수 없는 낯섦은 새로움에 대한 호기심으로 이끈다.

때때로 생은 비루한 일상의 까마득한 사막을 거느리고 느닷없이 삶의 문을 들어설 때가 있다.

정연해둔 삶이 어이없이 바스러지고 생을 불사르던 감격들마저 촛농의 마른 눈물이 되어 툭툭 부러져버리고 나면 낡은 생의 살점들을 문 안에 두고 뼈만을 들고 내 밖으로 나와야 한다.

질펀한 봄꽃들에의 탄성, 그러나 이내 버릇없는 타성이 뼈에다 부질없는 낙서만 그어댈 뿐, 질문은 없다.

골목 어귀에서 문득, 이영주의 시집 『언니에게』와 맞닥뜨린다. 그녀의 낯선 문장 여기저기 불친절한 행간을 헤매다가 간신히 몇 개의 암시들을 주워 들고 집으로 돌아온다.

퉁명한 질문들이 잠결을 드나드는가 싶더니 언젠가부터 선반 위에 던져둔 알 수 없는 문장들을 꺼내 나의 뼈에다 대고 문지르고 있지 않은가.

그리고 그것으로 내 낡은 '폐쇄'를 툭툭 두드려본다.

어처구니 없는 문학수업

소파에 앉아 건너편 산이 뽀얀 공기 속에 잠겨 있는 풍경을 바라본다. 찬란한 옷을 남김없이 벗은 하얀 나뭇가지들이 역광의 회색빛 공간 속에 미동 없이 뻗어 있다. 거실 바닥에 누워 있는 초겨울 오전의 여린 햇살을 끌어당겨 발등 위에다 올려놓고 무심으로 노닐다가 창가로 다가간다. 그리고 아파트 담장 밖 보도에 교복차림의 학생들이 삼삼오오 걸어가는 것을 내려다본다. 기말고사를 친 아이들의 이른 하굣길인 듯하다.

나는 고입시험을 친 마지막 세대이다. 이때쯤일 것이다. 고교 입시를 앞둔 중3의 겨울이었다. 너덜너덜해진 교과서와 참고서에 머리를 박고 있거나 밤늦도록 공부하느라 지친 몸을 책상에 엎드려 단잠을 이루는 아이들로 인해 교실은 조용한 긴장 속에 잠겨 있었다. 지금과 마찬가지로 입시가 임박해오자 아이들 모두가 과민한 채 지쳐가고 있었다.

그런데 그때 나는 국어과 담당인 담임선생님의 지시로 학교 최초의 교지를 만드는 일을 맡아 하고 있었다. 우리 학교에는 문예반이 따로 없었던 터라 담임은 국어시간이나 교내 백일장 같은 행사를 통해 내가 약간의 문학적 소양이 있다고 판단하고 나에게 그 일을 맡겼던 것 같다. 학교 최초의 교지인 만큼 학교 설립의 의미를 세우고 미화하는 글, 학교가 성장하고 발달해온 과정을 서술하는 글, 그해 있었던 행사나 사건들을 재미있게 구성한 글, 그리고 내가 쓴 글을 학생들의 문학작품인 양 가장하여 편집한 글들…. 나 혼자서 한 권의 책 속에 들어갈 모든 내용을 글로 써서 구성하고 담임의 지시에 따라 촉박한 시간 내에 수정, 편집을 거듭하느라 동분서주해야만 했다. 원고뭉치를 집에 들고 와서 새벽까지 그 일을 하며 입시공부는 뒷전이었다.

입시생이 있는 가정은 온 가족이 입시에 신경을 곤두세우고 과민해 있는 지금의 입시 풍속과 비교한다면 결코 있을 수 없는 일이지만 그때는 대다수 입시생에게 입시공부는 오직 당사자의 몫이었다. 가족은 정성 들인 식사와 잠자리를 보살펴주는 것으로 입시를 치르는 자식에게 최선을 다할 뿐이었다. 그래서 가족들은 내가 입시공부 외에 어떤 일을 하고 있는 줄은 몰랐을 것이다. 그리고 내가 특출한 성적의 소

유자가 아니었으므로 교지 만드는 일이 입시공부에 큰 부담
이 되지 않을 것이라고 여긴 것인지, 아니면 자신의 입신욕에
눈이 어두워 제자 하나쯤 희생시키는 일에 관심을 기울일 여
유가 없었는지 모르는 일이지만 담임의 단순한 판단이 이루
어낸 그 일은 내 생에 적지 않은 결과를 낳게 되었다.

그럭저럭 한 권의 책으로 편집을 마쳐 담임에게 그것을 넘
기고 나는 그때서야 부랴부랴 입시공부에 매달렸다. 그리고
담임의 무심한 판단과는 달리 나는 소위 '일류'라고 칭하는
학교에 지원했고 보기 좋게 낙방했다. 눈물을 머금고 차선의
학교에 지원 합격한 후 중학 졸업을 앞두고 있었다. 그러던
어느 날 담임이 나를 불러 교무실로 갔더니 말하기를 "사정
이 있어 교지 출간을 하지 못하게 됐다"고 했다. 그리고는 졸

업식날 교지를 만드느라 고생한 대가로 앨범 하나를 공로상
으로 받았다.

짐작건대 담임은 국어과인 자신의 성과를 위해 급하게 교
지를 만들 구상을 했고 내가 그 일을 떠맡게 된 것이 분명했
다. 그리고 예산상의 문제로 출간을 하지 못한 것이라는 후
문을 누군가로부터 전해 들었다.

어린 내가 입시에 낙방한 것이 그 일 때문이라고 은근이 변
명거리로 삼고 싶은 마음이 없지 않았을 것이다. 입시에 낙
방하여 원하는 고교에도 못 가고, 고생하여 일한 보람도 없
이 교지 출간이 무산되어 나는 몹시 침울했다. 그런데 그 일
은 내 생에서 첫 패배의 아픔을 갖게 해준 일이기도 하지만

결과적으로 어처구니없는 문학수업을 통해 접하게 된 글쓰기는 내 생을 표현하는 또 하나의 도구를 갖게 된 계기가 되었다. 물론 내가 문학을 가까이하게 된 또 다른 연유가 없지 않지만 그 일이 있은 후 그림공부를 하면서도 고교 문예반 활동에 열성으로 참여했다. 그리고 대학에 가서 미술전공인 나는 월간문예지를 구독하고 미술서적과 문학서적을 함께 끼고 다녔으며 가끔 학보사로부터 원고 청탁을 받기도 했다. 그리고 훗날 화가로 활동하면서 신문이나 여타 매체에 그림으로만이 아니라 글로써도 종종 나를 표현하게 되었고 오늘날 이 책을 내는 일에까지 이르게 된 것이다.

삶은 생물 같다고 했던가. 어린 땅에 떨어진 무심한 씨 하나가 훗날 내 생의 나무로 자라 때때로 문학이라는 나무 밑에 찾아와 쉬어 가게 되리란 걸 그때는 내가 도저히 짐작할 수 없었다.

3

짝사랑

　어릴 적, 집에서 키우던 개가 독이 든 무언가를 먹고 광란하며 집을 뛰쳐나간 일이 있었다. 어린 날 함께 뒹굴며 사랑하며 자란 동무가 참혹한 모습만을 남긴 채 사라져버린 것이다. 그날의 슬픈 기억은 삶의 한 조각 상처가 되어 내 가슴에 난파선처럼 가라앉아 있다. 그 후로 개를 키우거나 가까이할 기회를 갖지 못한 채 살아오고 있다.

　그런데 어느 날 온천천을 걷다가 주인과 함께 산책을 나온 어떤 개가 나의 눈에 띄었다. 사람의 얼굴을 닮은 듯한 모습의 개는 주인의 보행에 맞추기라도 하듯 목줄을 느슨히 유지한 채 나를 지나쳐 갔다. 나는 명상에 잠긴 듯한 그들이 저 멀리 멀어질 때까지 자꾸 뒤돌아보았다. 그다음 다시 그 개를 만났을 때 나는 "안녕" 하며 인사를 건넸지만 개는 나를 멀뚱히 바라볼 뿐 아무런 반응 없이 지나갔다.

어떤 날엔 온천천 한편에서 주인아주머니가 주는 간식을 다정히 받아먹는 모습이 보이기도 하고, 또 하루는 서 있는 주인을 올려다보며 눈을 맞추고 "킁킁" 단음으로 짖으며 풀쩍풀쩍 뛰어올라 주인과 애틋한 정을 나누기도 하였다. 그것을 본 나는 은근히 질투심이 느껴졌다. 어쩌다 가까이 지나가는 날, "안녕" 하며 손을 흔들어 보이며 다가가면 무심히 지나갈 뿐 나와는 어떤 관계도 형성되지 않았다. 그런데 요즘엔 어찌된 일인지 그 모습조차 보이지 않아 온천천이 텅 비어 보이고, 걷는 일이 지루하고 허전하기까지 했다.

TV 다큐멘터리 프로그램에서 아프리카 세네갈 어느 마을의 곤궁한 삶을 보여준 적이 있다. 척박한 붉은 땅에서 건조한 먼지가 가득 일어났다. 오랜 식민의 강점기를 거치면서 국민들은 벗어날 길 없는 검은 운명을 어깨에 짊어지고 힘겹게 살아가고 있었다.

그런데 마을길 사람들 틈에서 거닐고 있는 몇 마리의 염소들이 내 눈에 들어왔다. 사슴처럼 가느다란 다리, 짧고도 하얀 털에 연분홍 빛깔의 코, 기다랗게 늘어진 귀를 가진 멋진 모습의 염소들은 그곳 주민들의 주요 재산이라고 했다. 그런데 나의 눈에는 염소들이 주민들의 고단한 삶을 위로하는 천사처럼 보였다. 잠시 비친 화면을 보며 나는 나도 모르게 입꼬리가 올라갔고, 염소들을 향해 "애 !"라고 말을 걸고 있었다. 이내 화면이 바뀌고 염소들은 보이지 않았지만 내 입 꼬리는 쉬이 제자리로 돌아오지 않았다.

얼마 전 일 년에 두어 번 찾아가 때 묻은 몸과 마음을 씻고 돌아오는 태백산의 지맥 검마산에 갔다. 여느 때처럼 임도를 들어서자마자 치명적인 맑음들이 내 몸을 향해 침투해 오기 시작했다. 홍송과 자작나무 숲, 길가의 야생화와 새들의 지저귐…. 나는 수많은 위대한 은유들에게 인사를 건네며 산을 오르고 있었다.

그런데 전날 제법 많이 내린 봄비로 젖은 땅 위에 동물의 발자국이 선명히 박혀 있는 것이 보였다. 군데군데 배설물과 함께 찍혀 있는 발자국은 서너 번째 산허리를 돌아갈 때까지 계속되었다. 또 한 번의 산모퉁이를 돌아서는 순간 나는 그와 거짓말처럼 맞닥뜨렸다. 나의 눈과 그의 눈이 정면으로 마주한 찰나, 숨이 멎는가 싶더니 어느새 그는 돌아서 산 위로 뛰어 사라졌다. 그는 노루나 사슴이었다. 사라지는 그를 물끄러미 바라보다가 아쉬움에 그가 사라진 산을 향해 "노루야, 사슴아"하며 불러보았다.

문득, 어느 봄날 진달래며 미역취, 다래 같은 새 움이 트는 산을 누비며 봄 소풍을 즐기다가 만났던 비단뱀이 생각났다. 따스한 양지 풀밭에 드러누워 느긋이 일광욕을 즐기고 있는 뱀을 보게 된 나는 혼비백산하여 비명을 지르며 그 자리를 피해 달아났다. 잠시 후 진정하여 생각해보니 나보다 더 놀란 녀석이 어느 구석에 숨어 들어가 이유 없이 인간에게 미움받는 자신의 신세를 한탄하며 슬피 울고 있을 것 같은 미안한 생각이 들었다.

그날의 기억이 떠올라 마음이 씁쓸했다. 가까이 가고 싶고, 말을 걸고 싶고, 만지고도 싶은데 노루이거나 사슴은 저 멀리 사라지고 없었다.

다음 날 나는 헌책방으로 가서 염소며 노루, 사슴이 실려 있는 사진집을 사다가 그들과의 너무나 짧았던 조우의 아쉬움을 달랬다. 그런데 틈만 나면 그 사진집을 뒤적이다가 개, 염소, 노루, 사슴 그들은 '순수'라는 하나의 이름을 갖고 있음을 알게 되었다.

백 년 전의 화가 프란츠 마르크는 노란 암소와 노랗거나 빨간 말, 눈 오는 풍경 속의 노루나 개 같은 그림들을 많이 남겼다. 그는 동물을 지순한 아름다움과 진실, 순수를 향한 작가의 열망을 구체화시켜주는 인상적 존재로 여겼다. 내가 일찍이 그의 그림에 매료되었던 이유가 바로 그것이었다. 순수에 대한 동경.

수많은 욕망들이 날마다 새로운 하늘 집을 짓고, 문명의 꽃은 다투어 피어오르지만 순수의 결핍으로 별을 잃고 야윈 우리들의 영혼은 밤마다 마른기침을 하며 뒤척인다. 변질된 문명이 곪아 병든 사회의 뒷골목에 꽃들이 쓰러져 있어도 아무도 슬퍼하지 않는 현실이 안타깝다.

그래서 나는 그들을 그린다. 사슴과 노루와 염소…. 그들 영혼의 진실을 그린다. 산과 나무와 구름과 바람과 별의 뜻

을 알고 있는 그들의 은유를 그리고 또 지우기를 반복하며
나는 그들에게 다가가는 연습을 한다.

　내가 잃어버린 순수를 향한 바이없는 간구,

　달콤하고도 아픈 나의 짝사랑.

생의 날것

　대만 여행길이었다. 대형서점에서 책 쇼핑을 느긋하게 하고 나와 타이베이 도심 교차로 주변을 걸어가고 있었다. 겨울 저녁 어둠이 짙게 내려앉고 있는 거리로 퇴근하는 인파들이 쏟아져 나오고 있었다.

　목적지로 가기 위한 길을 찾기 위해 두리번거리고 있을 때였다. 바로 옆 도로에서 우회하는 큰 버스 아래로 사람이 쓰러지는가 싶더니 "부지직" 하는 소리에 이어 비명소리가 요란했다. 내가 가장 근접한 거리에서 목격한 교통사고였다.

　없으면 죽을 것 같은 가족의 애틋함이, 세월의 두께 속에 겹겹이 쌓아온 한 생의 귀한 시간과 가치가, 그리고 수없이 많은 이들과 나눈 기쁨과 아름다운 추억들로 이루어진 한 생이 일시에 송두리째 부서지는 순간이었다.

주변의 모든 생들이 멈추고 생(生)과 사(死)가 혼돈을 일으키며 질서를 잃은 채 허둥대기 시작했다. 앞에 서 있던 '생'을 제치고 순식간에 '사'가 앞으로 나섰다. 일시에 사는 생의 앞에 닿을 길 바이없는 강물을 놓고 절대의 단절을 그어버린다.

십여 분 뒤 요란한 사이렌 소리와 함께 구조대가 도착했다. 그러나 그들은 생으로부터 분리된 육신을 거두고 단절의 처참한 현장을 수습할 수 있을 뿐이었다.

검은 석고 가루 같은 어둠이 사위에 가라앉고 대도시의 높은 건물들이 어둠에 굳은 듯 무겁게 느껴졌다. 내가 가야 할 길이 어디인지, 어디로 가려고 했던 건지 알 수 없어 빌딩 입구 계단에 멍하니 앉아 있었다. 한참 후 정신을 차려 주위를 둘러보니 사고 현장 도로 위로 차들이 내달리고, 지하 통로에서 수많은 사람들이 쏟아져 나오고 들어가고 있었다. 잠시 정지했던 화면이 다시 돌아가고 있는 것 같았다. 방금 일어났던 일은 몇 년 전 아니, 몇 세기 전의 일인 것처럼 느껴졌다.

죽음의 비린내가 채 사라지기도 전에 삶이 제 갈 길을 가고 있는 것이다. 이 극적인 대비에 잠시 휘청거렸을 뿐이라는 듯….

야시장으로 가기 위해 전동차를 탔다. 퇴근길인 듯한 사람들이 가득했다. 무표정하게 휴대폰을 내려다보거나 눈을 감고 앉아 있는 사람, 맞은편 이의 시선을 피해 허공을 바라보는 사람이 보일 뿐, 내가 찾는 표정의 사람은 없었다.

음울함과 비통함으로 가라앉은 얼굴, 그건 바로 나의 모습이었을 것이다. 태연한 삶을 싣고 또 다른 일상을 향해 전동차가 질주했다.

전철에서 내려 어수선한 사거리를 건너 시장통으로 들어갔다. 저렴한 공산품들을 진열해놓은 가게들이 조명등을 밝히고 있고, 비좁은 통로를 많은 사람들이 가득 채우고 있었다.

지하 식당가로 내려갔다. 취두부의 치명적(?)인 냄새가 혹 달려들었다. 수많은 가게들이 밝은 전기 등불 아래 해산물 요리나 대만 전통 음식들을 큰 그릇에 담아 진열해놓고 있었다.

과연 음식 천국이라 할 만했다. 가게마다 손님들이 꽉꽉 들어차 있어 자리를 차지할 엄두가 나지 않았다. 튀긴 게를 한 봉지 사 들고 밖으로 나왔다. 바깥의 음식점들도 마찬가지로 인산인해였다. 아마도 중국 관광객들이 많은 탓인 듯했다. 음식점 바깥에 찜솥을 내놓고 하얀 김을 무럭무럭 피워 올리며 식욕을 자극하는가 하면, 지글지글 끓고 있는 튀김솥에서 먹음직스레 익고 있는 각종 먹거리들이 사람들의 시선을 잡아끌었다.

비좁은 사람들 사이로 무언가 먹을 것을 사기 위해 길게 줄을 선 사람들, 상점들마다에서 내지르는 호객의 아우성과 수많은 단체 여행객들의 소란이 한데 어울려 음식거리의 통로가 음식천국이라기보다 식생(食生)의 전쟁터 같았다.

사람들 틈을 얼른 빠져나가고 싶었지만 여의치 않았다. 관광을 한다기보다 잘못 들어간 길을 빠져나오기 위해 애쓰는 꼴이었다. 겨우 그 틈을 빠져나왔을 때 내 손에는 튀긴 게 봉지가 그대로 있었다.

아니, 나는 불과 한 시간여 전에 보았던 생과 사의 단면을 들고 있었는지도 모른다. 그리고 생이 광란하듯 꿈틀대는 현장에 서서 삶과 죽음이 극렬히 대비되어 풍기는 비린내 나는 생의 날것을 차마 먹기 힘들었던 것이다.

벌레소리 산책

120호 캔버스 세 개를 이어 붙여 젯소를 반복해서 칠했다. 며칠간 빈 캔버스를 마주 보다가 하얀 여백 여기저기로 증식해 나아가는 생각들을 좇으며 또 며칠 캔버스 앞을 어슬렁거렸다.

그러다가 드로잉북들을 바닥 가득 펼쳐두고 그것들 사이로 미로를 헤매듯 뒤적거렸다. 마음속 어떤 알 수 없는 징조와 내 몸을 떠도는 불확실한 예감의 이끎을 기다리며 밤으로 향하는 저녁의 뜰로 나가 산책로를 걸었다.

산과 접해 있는 뒤꼍에는 물푸레나무들이 푸른 가지를 마음껏 벌려 산책로까지 뻗치고 있어 나는 허리를 굽혀가며 나아갔다. 산속 어디쯤 소나무 숲속에서 딱따구리가 나무기둥을 쪼아대는 소리가 들려왔다. 녀석은 저녁의 어둠을 잘게 부수어 밤의 어둠을 만들고 있는 중이리라.

이따금 스치는 바람결에 큰 잎사귀들이 서걱거렸다. 낮 동안 분주히 광합성을 마친 잎들이 미동으로 서로를 부비며 휴식하는 잎새 소리가 들렸다. 산책로 양편의 수목들 아래는 온갖 야생초들이 무성했다. 달개비, 여뀌, 개망초 같은 야생초들이 작은 꽃들을 달고 외등 아래서 앙증맞게 빛났다. 밤이슬이 촉촉이 내리기 시작하는 뜰에 벌레들의 노랫소리가 암회빛 어둠 속으로 그득히 고여 들었다.

7월 말경부터 화단 곳곳에서 청아한 풀벌레 소리가 들리기 시작하더니 8월 내내 그 아름다운 소란이 낮의 고단한 인적을 지우며 때때로 얕은 잠 베갯머리에까지 드나들곤 했다.

낮의 모든 소음들을 세상의 가장 아름다운 소리로 변조시키는 저 마법을 어떤 유명 오케스트라가 흉내 낼 수 있을까.

귀뚜라미, 방울벌레, 베짱이, 쌕쌔기, 여치…. 굳이 그들의 모습을 훔쳐보려 풀잎을 들치고 카메라를 들이대지 않을 일이다. 그냥 미동의 어둠 속에 가만히 서서 그들의 위대한 콘체르토를 몸속 가득 들이켰다.

피부를 뚫고 들어온 녹색의 청량음들이 내 몸속에 고여 있던 부질없는 사유의 찌꺼기들을 하나둘 걸러내어 투명한 빈병에 맑은 물이 고이듯 마침내 최초의 순수로 채워지기를 기다렸다.

내 몸속에서 느껴진 태동으로부터 시작된 생명의 징조들

을 나는 삼십 년이 넘는 시간 동안 나를 표현하는 테마로 삼아 작업해왔다. 요동치는 심장이 뿜어내는 인간의 생명짓과 사계를 가로지르며 내달리는 대지의 언어들을 다양한 형식으로 표현하는 데 몰두해왔다.

그러나 언젠가부터 그것들을 표현하기에 생명에 대한 나의 세계관이 너무나 작고 보잘것없다는 것을 자각하게 되었다. 지상의 광대하고 내밀한 생명성을 내가 알고 있는 작고 얕은 어법으로 단지 고함을 내질러 왔던 것은 아닐까 하는 생각이 들었다. 그리고 내가 지른 외침에 함몰되어 편견과 독설의 감옥에 스스로 갇히게 된 것 아닐까 하고 나를 더듬어보았다.

나는 낡은 인식과 편견의 껍질로 나를 감싼 채 익숙함 속에 안존해 있었던 것이다. 그리고 단편적인 생명관에서 더 나아가지 못하고 내가 나를 복제하고 있다는 것을 알게 된 것이 나를 더욱 힘들게 했다.

안이한 작업 동력을 멈추어야 했다. 작은 작품들에 매달려 작은 생각들을 좇았다. 전시 계획을 멀리 미루어놓고 작업량을 줄이고 빈둥거렸다. 오랜 시간 동안 내 몸 구석구석을 점유하고 있던 건방진 노화경질 의식들을 망치질로 부서트려 작고 부드러운 나를 찾아내고 싶었다.

어깨 위에 촉촉한 여름밤이 내려앉고, 내 몸 속으로 녹아들어온 영롱한 벌레 소리는 모든 감각들을 잘고 부드럽게 두드려 깨웠다.

순수의 소리에 흠뻑 적셔진 내 영혼에 꺼져가던 불이 들어오고 점차 선홍빛으로 회복되어갔다. 둔감하던 심장이 여리게 꿈틀거리고 내 몸 저 깊은 곳에서 새로운 무언가가 다시 시작되려는 것 같았다.

내 생의 여름

산이 자꾸 부풀어 오른다. 어제 다르고 오늘 아침과 저녁이 다르다. 집 앞에 있는 작은 야산이 봄꽃들을 다 떨구고, 유월 하순 뻐꾸기 울음 뒤끝, 앞마당의 원추리가 꽃대를 들어 올리는가 싶더니 내가 눈치 채지 못하도록 밤사이 도둑처럼 살금살금 몸을 불려왔던 것이다. 그리고 장대비 몇 차례가 지나간 후 문득 어느 아침 거대한 녹음 덩어리가 되어 내 집 창을 두드릴 기세로 서 있다.

언젠가 무심히 산자락을 쳐다보고 있을 때였다. 여름 햇살이 아직 달구어지지 않은 아침, 하늘로 솟구쳐 올라 지저귀며 노닐던 한 쌍의 새들이 홀연 저 부풀어진 산의 숲으로 빨려 들어가듯 사라져버리는 게 아닌가. 산에 무슨 일이 벌어지고 있을 것이라 여겨졌다.

산의 숲이 온갖 것들을, 이를테면 새나 청설모, 풍뎅이는 물론이고 민달팽이라든지 집게벌레, 밤나방같이 말 잘 듣는 것들을 나뭇가지나 뿌리 혹은 잎사귀에다 거처를 마련해주 느라 몸집을 자꾸자꾸 키워내고 있는 것일 게다.

그래서 도심의 보잘것없는 야트막한 산의 숲이 여름 한철 두꺼운 검녹색으로 윤기가 흐르고 저토록 풍만하게 살이 오르는 것은 그 착한 것들이 숲에게 집세를 두둑이 지불하기 때문일 게다.

이 도시는 폭염에 질식할 듯 뜨거운 열기에 잠겨 어떤 생기의 미동도 없이 무기력하게 가라앉아 있다. 그러나 앞산 나무들은 이 여름이 다 가기 전에 태양과 매서운 비와 바람을 버무려 식량을 만드느라 분주하다.

그리하여 나뭇가지와 이파리, 그리고 땅속 저 깊은 곳에 자리한 뿌리에까지 골고루 저장하여 다음 계절을 준비하는 것이리라. 또 그 양분으로 몸을 불려 자연에 순응하는 온갖 생명체들을 불러들이고 거두어 건강한 이 땅을 지켜내는 일을 하고 있는 것이다.

지난 80년대, 나는 열 평이 채 되지 않는 작은 공간에서 작업을 하며 미술교습소를 운영하고 있었다. 아침에 서둘러 집안일을 끝내놓고 집 근처에 있는 작업실로 가 아이들이 오기 전에 오전 작업을 했다. 그리고 오후, 아이들을 지도하다가 교습생들이 뜸해지면 다시 비좁은 벽 한켠에 대작 캔버스를 기대놓고 틈틈이 작업을 했다.

그리고 저녁이 되면 장을 봐서 가족을 위한 저녁식사를 준비하고 아이들의 숙제나 공부를 봐주고 난 뒤 잠들기 전까지 드로잉을 하거나 미술잡지 속의 컨템퍼러리 아트들을 들여다보곤 했다.

가정생활과 일과 작업, 세 가지 어느 것 하나도 소홀히 할 수 없었던 나는 하루 24시간을 1분 1초도 허투루 쓸 수가 없었다. 생활의 범위가 분명히 세 등분으로 나누어져 있어 어느 한 부분이라도 밸런스가 깨지게 되면 왠지 불안감마저 느껴졌다. 열악한 작업공간에 대해 생각해볼 여지 같은 건 없었다.

여름방학이 되면 미술 성적을 위한 단기 교습생들이 대거 몰려왔다. 아침 일찍부터 냉방장치가 제대로 되지 않은 비좁은 공간에서 쉴 틈 없이 많은 아이들을 지도하고, 오후가 되면 몸은 지칠 대로 지쳐 녹초가 될 지경이었다. 그래도 방학의 오후는 온전히 내게 허락된 금의 시간이었다.

교습생들이 남기고 간 소란의 잔해 속에 가만히 앉아 있으면 어느새 작은 공간이 점차 창작의 에너지로 환기되어감을 느낄 수 있었다. 작지만 나만의 공간에서 저녁이 될 때까지 어떤 방해도 받지 않고 작업할 수 있음이 나는 너무 행복했다.

지금과는 달리 예술이 자본과의 연계가 뚜렷하지 않았던 그 시절엔 오직 작업 그 자체가 목표였으므로 나는 이른바

'예술'에 순수하게 몰입할 수 있었다.

다듬어지지 않은 수많은 생각들을 다양한 재료로 쏟아내 듯 표현해냈다. 생의 본질적 원형들을 영혼의 집으로부터 끄집어내어 마음껏 만지작거렸다. 마치 내 심장으로부터 팔을 거쳐 손을 통해 생명의 기호들이 마구 빠져나오는 것 같았다.

아이들이 쓰다가 버린 크레파스나 색연필, 샤프, 잉크펜, 목탄이나 먹, 그릴 수 있는 재료면 무엇이든 가지고 스케치북이나 화선지, 신문지나 포장지뿐 아니라 찰흙판이나 나무판 위에 수없이 많은 드로잉을 했다.

가끔 걸인이나 외판원이 작업실 문을 두드려 나 혼자만의 깊은 몰입에 잠시 틈을 내기도 했지만 오래된 라디오에서 흘러나오는 음악이 외부와의 유일한 접촉일 뿐이었다.

바흐, 모차르트, 라흐마니노프, 말러 등 거장들의 음악과 더불어 작업을 하는 사이 문 밖의 발자국 소리가 잦아지면 서둘러 정리를 하고 작업실을 나섰다.

여름 긴 낮이 건물들 틈 그늘에 게으르게 널브러져 있는 거리를 지나 마트에서 찬거리를 사들고 내 집 현관문을 열면 또 하나의 삶이 나를 기다리고 있었다.

뜨거운 태양을 피해 아파트 담장 너머로 드리워진 나뭇잎 그림자를 밟으며 집과 작업실을 오가는 사이 땀으로 젖은 내 몸은 갠지스 강가의 걸인 수도사처럼 초췌해져갔다. 그렇지만 내 영혼의 곳간엔 창조의 씨앗들이 하나둘 쌓여가고 있었으리라. 그것이 삼십여 년이 넘는 동안 붓을 놓지 않고 지금까지 영혼의 경작을 이어갈 수 있는 이유가 아닐까 생각한다.

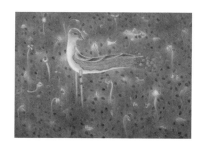

별이 도시에게

잠이 여의치 않은 어느 밤, 창밖 남쪽 하늘에 유난히 반짝
이는 별 하나가 눈에 들어왔다. 도시의 밤하늘에 드문드문
간신히 존재를 드러내던 여느 때와는 전혀 다른 별의 빛남이
예사롭지 않아 보였다.

별의 반짝임은 별빛이 불안정한 대기를 통과할 때 일어나
는 빛의 산란 현상이라는 과학적 사실에도 불구하고 그날
나와 그 별의 조우는 셀 수 없는 먼 시간 전에 별이 나에게
보내온 타전일 것이라는 신비 속으로 빠져들었다. 무엇을 전
하기 위해 그토록 먼 시간을 건너 나에게 온 것일까.

어린왕자의 장미가 있는 별, 프로방스 목동의 순수한 별,
내 어머니 사시는 별…. 내 삶에 지니고 있는 몇 개의 별을 떠

올려보았다. 별은 그 자체로 완성된 시이고 아름다운 도덕률이다.

그러나 어느새 별은 내 집 앞 높은 건물에 가려 흔적 없이 사라지고 어두운 단절만이 남아 있었다. 나는 별을 잃은 서글픔과 하늘을 가리고 있는 높은 건물에 대한 원망으로 밤을 뒤척였다.

지나친 도시건설로 고층 건물들에게 하늘을 빼앗겨 버린 우리는 언젠가부터 별의 시정이라는 소중한 것을 스스로 포기해버리고 살아가고 있다. 항공기에서 내려다보이는 우리 땅의 모습은 낮은 건물들 사이사이 푸른 숲이 어우러져 있는 다른 나라에 비해 유난히 높은 회색 콘크리트 건물들이 무질서하게 뒤덮여 있는 느낌이다.

똑같은 사람들이 같은 삶을 살고 있을 것 같은 사각의 아파트들이 산허리까지 빼곡히 들어차 있는 풍경은 우리의 삶의 질을 그대로 보여주는 듯하다. 우리는 난개발로 환경훼손을 서슴지 않으며, 인간과 자연의 관계를 전혀 생각하지 않는 경제적 차원만의 도시건설을 추구하고 있을 뿐이다.

해운대 달맞이 언덕 꼭대기를 짓누르고 있는 초고층 아파트들을 바라볼 때면 한숨이 난다. 그 거대한 사각 기둥들이 만든 기이한 살풍경은 마치 달맞이 언덕이 외계기지로 점령당한 듯 공포스럽기 짝이 없다. '언덕'이라는 정겨운 이름이 무거운 위협으로 짓밟힌 듯 애처롭다. 가려진 하늘, 깊은 그림자. 밤마다 별빛은 아파트 높은 벽에 부딪혀 언덕 여기저기 검은 파편이 되어 쌓이겠지.

꿈, 순수, 고결한 신념, 순결한 사랑, 그리움 같은 별의 언어들이 우리에게서 하나, 둘 잊히고 사라져 우리의 영혼은 마침내 마른 나무껍질처럼 딱딱하게 굳어 갈라져버리고 마는 것이 아닐까 두렵다.

누가 우리를 한숨짓게 하는가? 어찌하여 ´달맞이 언덕´이라는 아름다운 자부심을 앗아가 버리고 무거운 우울을 안겨주며 불행하게 하는가?

자연이 일상생할 속에 도입되어야 한다고 생각한 오스트리아의 화가이자 건축가인 훈데르트바서는 건축물 지붕이나 옥상, 발코니에 나무나 식물을 심어 인간과 자연이 공존하는 건축을 실현했다.

그럼으로써 인간의 삶에 자연의 혜택과 아름다움, 기쁨을 더한 건축물이 된다고 믿었다. 또한, 세대마다 각기 다른 높이로 직선을 피한 다채로운 발코니와 창문을 설치하여 환상적인 색채를 더해 동화처럼 아름다운 건축물들을 남겼다.

빈의 다세대주택, 훈데르트바서 하우스를 비롯해 환자들로 하여금 더 살고 싶은 욕구를 자극하는 그라츠 대학병원의 암병동, 정부 보조금이 필요 없을 정도의 관광객을 끌어들이는 사설 미술관 빈 쿤스트하우스 등, 인간과 자연의 조화를 절대적 원칙으로 세워진 다수의 훈데르트바서의 건축물들은 지금 오스트리아의 문화적 보석이 되어있다고 한다.

우리에게도 자랑할 만한 건축물들이 없지 않다. 그러나 대

중의 삶의 질을 배려한 건축물은 드물다. 고층 건물들이 지워버린 아름다운 해안선, 아파트들이 목까지 차고 올라와 겨우 꼭대기만 남은 산. 그리고 초고층 건물에 빼앗긴 하늘…. 우리에게서 자연은 점차 사라져가고 있다.

그린벨트를 해제하고 규제를 풀어 고층 아파트와 상업시설을 지음으로써 경제를 활성화시키겠다는 정치적 목적으로서의 건축이 지금 우리 건축의 현실이다. 무차별 개발로 '자연'이라는 더 큰 재산을 잃는다면 우리의 삶은 진정한 행복으로부터 멀어질 수밖에 없을 것이다.

밤이면 아름다운 자연 발코니에서 일상을 돌아보고 별을 느낄 수 있는 행복한 도시가 있는 나라가 진정 잘사는 나라 아닐까.

124   별이 반짝인다. "자연이 행복이다". 라고.

겨울 숲

　창밖에는 연일 차가운 바람이 불고, 모든 살아 있는 것들은 자신의 문을 닫아걸었다. 텅 빈 거리에서 누구에게도 다가갈 수 없을 때, 어떤 꿈도 꿀 수 없을 때, 나는 겨울 숲으로 간다.

　산으로 오르는 작은 길은 낙엽으로 뒤덮여 새로운 길을 가듯 신선하고 설렌다. 졸참나무 잔가지들이 발아래서 '탁탁' 부러지며 기척을 한다. 한 걸음씩 나아갈 때마다 바스락거리며 깨진 정적의 파편이 나뭇가지들을 가늘게 흔든다.

　잡풀들이 스러져 비워진 공간 안에 숨어 있던 작은 구릉과 골짜기들이 멀리까지 드러나 있고, 구릉지 절벽을 타고 흘러내린 흙을 밟고 지나간 짐승의 발자국이 선명하다. 낙엽이 쌓인 언저리에서 별을 올려다보며 밤을 쉬어 갔을 동물의 체흔이 남아 있다.

어디선가 새의 깊은 울음소리가 울리자 저 멀리 능선에 가시 몸으로 서 있는 나무 하나가 산울림으로 다가온다.

모든 수식을 떨구어낸 존재는 멀리서도 뚜렷하다.

그림을 그리며 때때로 찾아드는 헛된 욕망으로 휘청거리는 나의 어리석음을 일깨우려는 듯 겨울나무들이 차갑게 정제된 공기 속에서 회색의 체골을 낱낱이 드러낸 채 우뚝우뚝 솟아오르며 존재의 본질을 말한다.

이 겨울 숲에 오래 앉아서 내가 내일 새롭기를 꿈꾼다.

사물들

이른 오후, 낮은 햇살이 창을 등진 우드박스의 상판 위에 걸터앉아 있고 그 앞면 아래로 꺾인 그림자가 널브러져 있다. 어두웠던 사각틀 속이 바닥에 비친 햇살로 환해지자 박스의 안쪽 구석 모서리조차 부끄러운 듯 몸 둘 바 몰라 한다. 그 속을 건방지게 점유한 먼지 나부랭이들이 부스스 일어나며 찡그린 채 바깥을 바라본다. 왜 자신들의 게으른 어둠을 깨트리느냐는 표정들이다.

그러나 사각틀 안에서 기다린 듯이 바깥을 향해 몸을 일으키는 머리고무줄이 내 눈치를 보며 반색을 한다. 그러자 바닥으로부터 튕겨 들어온 강렬한 햇살로 그녀의 분홍색이 밝게 요동치는 것이 보였다. 그것은 제가 가진 가장 아름다운 찰나의 돋보임이란 것을 스스로 알고 있음을 말하는 것이리라. 어둠 속에서 빛나는 아름다움이라는 절정의 순간이다. 머리고무줄이 자족하며 웃는다. 박스 앞에 넘어져 있던 햇살 그림자가 가랑이를 벌려 마룻바닥에 앉아 있는 팬더 곰인형 발가락에 닿았다. 녀석은 발가락이 간지러운 듯 입술을 살짝 위로 움직인다.

곰인형은 10여 년 전에 북경 서우두공항에서 이국 땅 내 집으로 와서는 검은 털이 약간 윤기를 잃었지만, 동그랗고 작은 눈동자는 여전히 초롱히 빛난다.

처음 녀석을 보았을 때 나는 옆으로 약간 몸을 틀어서 앉아 있는 모습에 단번에 반하고 말았다. 그리고 무언가 생각에 잠긴 듯 웃는 표정…. 때때로 오래전 제 고향의 기억을 되새기는 듯 녀석의 눈동자가 조용히 한군데를 응시하는 것을 볼 때면 내가 그 공항에서 돈 7000원을 지불하고 녀석을 데려올 때 녀석의 눈동자가 살짝 흐려졌던 것을 기억한다.

미안하다. 영원히 돌아갈 수 없는 그 먼 곳….

작업 의자 네 다리를 타고 내린 햇빛이 긴 스틱 그림자를 뻗어 물감상자 안에 와서 엎어졌다. 그림자가 누운 물감들을 건드리자 주홍빛 버밀리언과 붉은빛 번트시에나가 쭈그러진 몸을 일으켜 세우려 애쓴다.

그러나 속이 빈 채 비틀어진 제 아랫배를 가눌 수 없어 그대로 누워서 내 눈치를 본다. 나는 모른 척하며 곁눈질로 그들의 입술에 묻은 물감찌꺼기를 턱짓으로 가리킨다. 그러나 사실 그들이 늘 입술에 물감찌꺼기를 묻히고 있는 것은 저들 잘못이 아니다.

몰아치는 에너지로 작업을 하다 보면 허리 부분을 꾹 눌러 물감을 짠 후 깔끔하게 뚜껑을 닫지 않는 경우가 종종 있다. 그들을 이렇게 방치한 장본인이 바로 나이기 때문에 지금 저들의 억울한 표정이나 항변의 몸짓은 무리가 아니다.

시치미를 떼고 있기 머쓱한 나는 그들의 튜브를 밑에서부터 밀어 올려 배 모양을 바로잡아주고 입술에 붙은 굳은 물감찌꺼기를 떼서 뚜껑을 새로 닫아준다. 깔끔히 정리되어 알록달록한 옷을 입은 녀석들이 가지런히 누워 있는 모습이 사랑스럽다.

고동색 비닐 커버가 낡아 가장자리가 찢어진 채 책상 위에 놓여 있던 수첩이 늙은 헛기침을 뱉으며 기척을 한다. 몇십 년 전부터 각종 자료들을 모아놓은, 나의 메모장 몇 개 중 가장 오래된 수첩이다. 신문이나 잡지 또는 방송을 보다가 모은 메모들이 실려 있는 낡은 수첩은 스스로 이 공간의 원로임을 아는 듯 표정이 사뭇 무거우면서 진지하다.

그는 내가 글을 쓸 때 자주 도움을 받아야 했으므로 다 쓴 물건이지만 언제나 내 생활의 근처에 자리하고 있다. 자료를 찾기 위하여 수없이 뒤져 보는 바람에 종이 낱장이 떨어져 있거나 손때가 거뭇하게 묻은 곳이 많다.

그림을 그리다가 라디오에서 흐르는 음악의 제목을 물감 묻은 손으로 급하게 기록한 흔적, 신문에서 채록한 수많은 여행지의 정보, 독서 중 건져 올린 아름다운 문장들과 내 삶의 단상들, 그리고 어머니 기일….

이 많은 것들을 품은 채 묵묵히 나의 곁을 지키는 저 노인의 자부심을 알기에 연말이면 어디에선가 생긴 새 수첩을 책상 위 그의 옆에 두는 날엔 왠지 그의 눈치가 보인다.

그가 미간을 찌푸리고 고갯짓을 한다. 지금 내게 필요한 문장이 여기 들어 있다는 표정이다. 수첩을 뒤적여 찾아낸 문장.

"내가 강한 이유는 결코 남들에 의해 흔들리지 않고 내 안에 있는 것을 하기 때문이다."(폴 고갱)

미술은 과정이다

　내가 그림을 그리는 것이 아니고 그림이 나를 그린다는 느낌이 들 때가 있다. 오랜 시간 구상을 하며 빈 캔버스 앞에서 망설이기를 며칠, 아니 몇 달이나 몇 년일 수도 있다. 그런 준비의 시간이 무색하게도 내가 캔버스에 어떤 색깔의 어떤 형상을 그려 넣으면 그것은 주변의 색이나 형상과 충돌해 서로 당기거나 밀어낸다.

　어느 시점부터 나와는 상관없는 기운이 제작을 이끌면서 나는 혼란에 빠지게 된다. 내가 애초에 의도했던 것은 캔버스 위에서 스스로 새로운 질서를 가지고 일어서고 사라지는 것이다.

　그것이 대작일 경우에는 더욱 큰 에너지로 운동하게 되는

데 그때 나는 그 운동을 전달하는 심부름꾼같이 느껴진다.

작업이 끝나기 전에는 나의 작품이 어디로 가고 있는지 알 수 없다. 붓을 놓고 뒤로 물러섰을 때 비로소 모습을 드러낸 작품이 의외의 효과를 일으키거나 뜻밖의 작품이 되는 일이 종종 있다.

결과를 먼저 설정하고 그것에 닿으려 애쓰다 보면 돌연한 과정에 의해 목표는 뒤틀리기 일쑤다.

언젠가부터 나는 그 '과정'이란 걸 인식하게 되었다. 그리고 내가 작업을 통해 겪게 되었던 고통이나 희열은 '작품'이라는 결과물에 있는 것이 아니라 제작 과정 속에 있다는 것을 알게 되었다.

"미술이란 목표가 아니라 과정이다. 회화는 탐구와 실험에 지나지 않는다"라고 한 파울 클레의 말처럼 작품의 진정한 가치는 작가와 작품 사이에 일어나는 충돌과 진동의 깊이에 있다고 생각한다.

잠

　팽팽하게 당겨진 고무줄이 예리한 칼날로 끊어져 나가듯이 불현듯 부러진 잠의 밤 한가운데 홀로 서 있게 되는 때가 있다.

　지난밤 나는 잠 속에서 느닷없이 잠 밖으로 쫓겨나 잠의 울타리 밖에 서서 잠이 다시 나를 불러주기를 애타게 기다렸다. 잠 밖에서 하염없이 서성이던 나는 도리 없이 온갖 사념들을 불러 모아 그것들과 함께 굳건히 닫힌 잠의 문 바깥에서 노숙을 할 수밖에 없었다. 주위를 둘러보니 온전한 잠자리는 찾을 수 없고 누우면 미끄러져 내리고 마는 사면뿐이었다.

　게다가 삶의 각질 같은 생각 부스러기들이 나를 에워싸고 저들끼리 히죽거리기 시작하더니 나를 이리 이끌고 저리 내

몰아 어느새 나는 그것들에 지배된 채 볼품없는 하수인이 되어갔다.

그것들은 내가 여행 수첩에 은밀히 기록해둔 저 북구로의 욕망을 끄집어내어 북해도 아래 땅에서부터 샤코탄 반도, 비에이, 동쪽 끝 시레토코, 맨 위쪽 끝섬 레분토에 이르러 내가 결코 닿기 힘든 오츠크 해 건너 캄차카까지 발돋움시켜 북방 만년설의 백야 환영으로 이끌었다.

그리고 그것들은 내 등 뒤에서 낄낄거리며 웃기 시작했다. 기분이 좋지 않다 했더니 난데없이 낮에 S와 만났던 곳으로 나를 데리고 갔다. 그와 마주했던 자리에 부러진 대화의 부스러기들이 수북했다. 그에게 하지 말아야 할 말들과 보이지 말아야 할 나의 마음들이 테이블 위에 어지러이 흩어져 있고 그가 앉았던 의자에는 녹슨 못이 삐죽 삐져나와 있었다. 이죽이던 그것들은 눈짓으로 나에게 부러진 말과 마음들을 도로 주워 담으라고 지시했다.

습기를 머금은 밤의 검은 입자들이 내 눈가와 어깨 위에 거뭇거뭇 내려 쌓이기 시작했다. 그리고 허접한 생각들은 급기야 나무껍질 같은 내 눈꺼풀을 헤집고 들어와 눈 안을 찢어놓을 기세로 요동쳤다.

따가운 눈꺼풀을 참으며 내가 다시 그것들에게 이끌려 간 곳은 실마리를 찾지 못한 채 하루 내내 쳐다만 보고 있어야 했던 빈 캔버스 앞이었다. 버릇없는 생각들은 나를 작업의자에 꼼짝 못하게 앉혀놓고 등 뒤에서 키득거리며 나를 지키고

서 있었다.

검은 외줄 바람이 치렁치렁 걸쳐 있는 가로등에서 떨어진 불빛이 허옇게 바래기 시작하더니 어느새 어둠의 부스러기가 되어 사면에 수북이 쌓여갔다. 시계의 열두 숫자들이 나뭇가지에 박쥐처럼 거꾸로 매달려 검은 신음소리를 냈다.

생각들이 벽에 기댄 채 고개를 고꾸라트리며 조는지 저들끼리의 소란이 잦아지기 시작했다. 나에게의 관심은 이제 더이상 없는 듯 여기저기서 하품 소리가 났다. 마침내 고꾸라진 그것들의 고개들이 하나둘 바닥 아래로 스러지며 허옇게 허물어져 내렸다.

그러자 밤의 두꺼운 숨소리가 사면 저 아래서 들리는 듯했다.

나무뿌리가 바위 층 사이를 비집고 아래로 향하는 미세한 움직임의 소리가 들렸다. 땅굴 속 족제비가 잠든 새끼들을 보살피느라 부스럭거리는 소리와 담벼락 옆 달맞이꽃들이 제 몸에 맺힌 밤이슬을 털어내며 파르르 떠는 소리가 들리는 것 같았다.

소나무 가지에 앉아 잠든 박새의 날갯죽지가 잠꼬대같이 살짝 움직일 때 솔향기가 퍼져 내게 와 닿았다. 솔향기가 내 이마 위에 앉아 나를 가만히 내려다보다가 내 피부 구멍의 문을 두드려 열어젖히며 여기저기 드나들기 시작했다. 허파를 후후 불어 검은 먼지를 털어내고 심장의 지친 피들을 닦아내며 다독였다.

그때 내 집 뒷산 너머의 암자로부터 울리는 새벽 종소리가 들렸다. 땅의 저 깊은 어느 지점에서부터 낮고 느리고 긴 소리가 내가 누운 사면 위로 다가와 아니쉬 카푸어의 매혹적인 인도산 안료들이 뿌려지듯 내 몸 위에 부드럽게 가라앉았다.

반복되는 종소리를 세지는 않았다. 다만 그 소리의 깊이 속으로 한 걸음 한 걸음 이끌려 가는 나를 느낄 수 있었다.

협곡이 지워진 소금사막의 하얀 지평 위를 걸어가는 내가 보였다. 하나의 종소리가 하나의 사념을 지우며 그 지워진 공백 속으로 나는 하염없이 걸어갔다. 마침내 모든 사념들이 지워지고 아무런 색도 소리도 없는 잠 속으로 서서히 걸어 들어갔다.

청춘의 밤 그리고 새벽

스티브 바라캇의 피아노 〈A Night in New York City〉 선율이 흐른다. TV를 통해 그가 이 곡의 작곡 의도를 말하는 것을 본 적이 있다. 맨해튼, 그 거대도시가 깨어나는 새벽을 표현했다고 말하는 그가 매우 순수하게 느껴졌다. 언젠가 십여 일간 뉴욕에 머물며 고층 빌딩 숲 사이를 배회했던 시간들이 생각났다.

초고층 빌딩 사이에 자욱한 밤안개 속으로 떨어지던 빗방울을 맞으면서 목이 부러질 듯 올려다보며 걷던 32번가, 타임스퀘어 광장 계단에 앉아 수많은 인종이 뒤섞인 다문화적 낯섦의 불확실하고도 묘한 자유를 맛보았던 일, 늦은 밤 숙소로 향하는 어두운 골목을 걸으며 할렘의 공포를 느꼈던 일….

스티브 바라캇은 세계의 많은 나라에서 몰려든 온갖 욕망과 좌절, 또는 불안한 꿈의 밤이 거대 문명의 구조물들 사이에서 깨어나는 순간, 그 음양의 경계를 피아노 선율 위에 얹어놓고 있었다.

70년대 중반, 여고생인 나는 부산의 번화가 어느 빌딩에 위치한 미술학원에서 입시미술을 시작한 지 몇 달 지나지 않은 상태였다. 미래에 대한 꿈이나 그 꿈을 위한 어떠한 계획도 기대도 없이 하얀색 석고상을 올려다보며 목탄가루를 비벼대던 나는 그 막연한 절망감에 짓눌려 있었다.

교복 속의 내 육신은 폐앓이 미열로 달궈진 채 하교 후 매일 저녁 어스름 인파를 뚫고 불확실한 미래의 미술학원 낡은 계단을 뚜벅뚜벅 오르고 있었다.

질풍노도의 시간이라 했던가. 어쩌면 푸른 꿈으로 가득 부풀어 있어야 할 때, 나는 내 안의 푸름들을 목탄의 검은색으로 모조리 무채화시키고 있었던 것 같다.

하얀 옷깃과 검은 교복의 단정함 속에 나의 굴절된 꿈을 숨기고 때때로 도시의 욕망들이 꾸역꾸역 토해낸 쉰내 나는 뒷골목을 배회했다. 가끔 그 골목에 쪼그리고 앉아 나도, 푸름이 분노로 변질된 붉은 각혈을 뱉어내고는, 그 위에 스트렙토마이신을 던졌다.

꺾어진 골목 끝자락에서 송년의 흥분들이 북적이는 것이 보였다. 리어카 노점상의 카바이드 노란 불빛이 눈에 박힌 취객의 흔들리는 그림자가 내 발등을 찧었다. 내 앞에서 걷던 두 여자가 싸구려 향수를 흘리면서 검붉은 구멍 같은 지하 계단으로 내려갔다.

제임스 딘이 강렬한 눈빛으로 쏘아보는 극장 간판 아래서 어깨를 맞대고 선 사나이들의 다리 사이로 구겨진 음모의 조각들이 삐져나왔다.

계단 끝 닳은 신주가 노랗게 번쩍이는 층계를 천천히 올라갔다. 학원은 학생들이 수업을 끝내고 뒷정리를 하는 분위기였다.

뒤늦게 온 나를 의아하게 바라보는 지도교사에게 "자습을 하다가 문을 잠그고 가겠다"고 말하고 열쇠를 받았다. 빈 공간에 우두커니 앉아 하얀 석고상들이 내뿜는 차가운 물성과 벽 가득 채워진, 그리기 기능을 위한 예시작들을 바라보았다. 끝내 나는 아무것도 그리지 못한 채 온기를 다하고 식어가는 석유난로 옆에 망연히 앉아 있었다.

밤이 깊었는지 바깥의 번화가에서 들려오던 소란이 어느새 잠잠해진 듯했다. 창밖으로 희끗하게 모서리를 드러낸 불 꺼진 건물들 사이에 매달린 전깃줄이 바람에 흔들리는 모습이 보였다.

인적은 끊어지고 통금 시간에 갇힌 세상은 마침내 정적에 싸여갔다. 여분의 석유는 조금도 없이 점점 식어가는 체온을 가누며 꺼져버린 난롯가에 웅크리고 앉아 있었다. 그때 저 아래에서 계단을 오르는 발자국 소리가 들리는 듯하여 심장이 빠르게 뛰었다. 잠시 후 그 소리는 사라지고 다시 주위는 무중력과 같은 침묵 속에 무겁게 가라앉았다. 불 켜진 창이 위험의 표적이 되지 않을까 하여 얼른 스위치를 내렸다. 그리고 식어가는 체온을 붙들기 위해 두 팔로 몸을 감싸 안고 내 안으로 깊이 파고 들어가 눈을 감았다.

눈을 감고 웅크린 시간이 얼마나 지났을까. 어느새 나는 내 속으로 들어가 나를 들여다보고 있었다. 어두움 속에 희뿌연 구멍 같은 것들이 군데군데 나타났다가는 사라졌다. 깊고 어두운 수렁 속에 갇혔는가 싶더니 다시 잿빛 황야에 서 있었다.

그리고 머리 위에 빛도 아닌 불투명한 흔적들이 둥둥 떠다니다가 내 몸 위로 툭툭 떨어져 내렸다. 검은 통로가 길게 이어진 어둠을 더듬거리며 하염없이 걸어가고 있을 때, 밖에서 비질 소리가 났다.

웅크린 몸을 풀고 바깥에서 들리는 소리에 귀를 기울였다. 아직 어둠은 그대로인데 청소부가 거리의 쓰레기를 쓸어 담는 소리가 높은 건물 위로 울려서 퍼져 올라왔다. 그 소리는 깜깜한 도시의 거리를 가득 채우고 닫힌 문을 건너 내가 은신해 있는 곳까지 들어와 마침내 내 몸속을 "쓰윽 쓰윽" 비질 소리로 채웠다. 눈을 감은 채 그 소리를 한참 듣다가 자리에서 일어났다.

문을 열고 어두운 계단을 더듬거리며 내려가 아직 깨어나지 않은 새벽 속으로 나갔다.

그림 그리기는 나를 발견하는 도구

작품전이 끝났다. 한 달 동안 조명 아래서 낯선 이들의 다양한 시선을 받아낸 작품들과 하나하나 마지막으로 눈을 맞추었다. 새 주인을 찾아가는 몇몇 작품들과 작별인사를 하고 다녀간 이들이 흔적을 남긴 방명록을 챙겼다. 갤러리 측에 뒷마무리를 맡기고 전시장을 빠져나오니 서녘 바다 끝자락이 불그레 물들어가고 있었다.

전시하고 남은 작품들을 겉포장에 캡션을 기록하여 수장고에 보관하면 2년여 준비하여 전시한 나의 이번 개인전을 마무리 짓게 된다. 그리고 또 한 가지, 2년 전과 조금 달라진 나를 발견했다는 것이다.

나는 내 안의 태동으로부터 인식하게 된 생명성을 자연의 다양한 현상과 느낌으로 표현하는 데 오랫동안 몰두해왔다.

겨울 혹한을 견디고 새로이 피어오르는 봄의 약동과 환희, 썩은 나무에서 새잎이 돋는 놀라운 재생, 콘크리트 틈새에서 피어나는 홀씨의 강한 생명력과 자연의 신비, 그리고 자연의 순환에 순응하여 살아가는 아름다운 동물들의 모습을 다양한 어법으로 표현해왔다.

그러나 나 또한 자연의 일부임에도 불구하고 언제나 내 그림 속에서 나는 소외되어 있다는 것이 편치 않았다. 언젠가부터 나는 자연에 인간을 접목해서 인간과 자연을 하나로 묶는 작업에 몰두했다. 그러나 인간은 이미 자연에서 스스로 멀리 떨어져 나와 문명의 늪에 빠져 있는 터라 자연의 순수성에 어울릴 수 없기 때문인지, 그리는 족족 지워야 했다.

자연은 인간을 받아들이지 않고 그림 속 인간은 자연을 쓴 약처럼 밀어내고 구토질을 해대듯 어색했다. 수많은 캔버스를 바꾸어가며 다시 또 그렸다. 나의 부족한 표현력뿐 아니라 그림을 그리는 나 자신이 이미 문명으로 오염된 장본인이므로 의도하는 작품이 되기 어렵지 않을까 하는 의구심이 나를 괴롭혔다. 하지만 "실패하라, 실패하고 또 실패하라, 그러면 나아질 것이다"라고 한 사무엘 바케트의 말처럼 나는 시도를 멈추지 않았다.

그렇게 하여 완성한 작품들을 설치해놓고 둘러보았을 때 자연 이미지 속 인간의 모습이 전과는 달리 다소 편안해 보이는 것을 느낄 수 있었다. 물론 다른 이들은 다른 평가를 할 수도 있지만 나는 분명 이전보다는 나아진 나를 발견할 수 있었다.

오랜 시간 힘들여 준비한 작품들을 단시간 전시하여 소수의 관람자들로부터 얻은 공감을 성과로 자족하는 일, 그리고 그 작품들을 수장고에 먼지 앉혀가며 보관하는 일은 얼마나 허탈한 일인가.

그럼에도 불구하고 창작의 의지가 꺾이는 일 없이 지금까지 긴 시간 동안 나는 작업을 이어올 수 있었다. 그럴 수 있었던 것은 작업을 통해 새로운 나, 그리고 나아지는 나를 발견하는 즐거움 때문이다.

나는 누구보다 자연을 사랑한다.

부러진 나무를 보면 마음이 아프고 개발로 인해 나무를 잘라내고 산을 허무는 행정에 분노하며 심지어 아파트 정원의 잡초가 제거되는 것조차 안타깝다. 또 산책길에 만난 강아지와 눈 맞추기가 즐겁고 행복하다. 그러나 나는 자연을 파괴하고 세운 아파트에 살며 다양한 문명의 편리를 포기할 수 없어 대도시를 떠나지 못하고 있다.

이처럼 모순된 자연관의 소유자인 내가 자연의 순수성을 지닌 인간을 표현하고자 하는 것은 작업을 통해 잃어버린 나의 자연성을 복구하고 작품 속에서나마 자연인으로 새롭게 구현되고 싶은 것이다.

봄이 되면 성장동력이 가동되고 내 몸 곳곳에서 간지러운 발아의 징조들이 꽃으로 솟아오를 것이다. 대지의 젖줄인 강물이 내 심장을 가로지르고 옆꾸리에서 버들강아지 삐죽이 돋으면 그 보드라운 감촉. 여름 녹음은 내 안구에 고였다가 앞산으로 흐른다. 어린 새들 나의 겨드랑이에서 잠들고 사슴이 내 머리 위에 제 뿔을 나누어주니 뿔 가지에 꽃들은 왜 피는가.

내가 먹은 것은 모두 이파리나 꽃잎, 야생초 줄기로 환원되고 내 몸 구석구석으로 뿌리를 뻗어 푸른 수액을 실어 나른다. 그러면 내 몸에서 때때로 잎새 소리 나고 솔향기 스며 나와 마침내 나는 맑은 영혼의 자연인으로 거듭날 것이다. 그래서 내 몸에서 문명의 법칙은 소멸하고 자연의 순수한 리듬이 나를 생명으로 이끌 것이다.

144

자연의 순수에 합일한 나를 그리기 위하여 그림을 반복해서 고쳐 지우는 일이 곧 내가 자연에 다가가는 발자국일 거라고 믿는다.

그리고 그다음, 좀 더 나아진 작품을 완성한 나를 발견하는 일, 그것이 그림 그리기의 목적이란 것을 내가 나에게 말한다.

오래된 첫 저녁

뒤늦게 찾은 작업의 실마리로 들뜬 붓질에 바쁠 때, 어느새 해는 기울어 서쪽 창으로부터 작업실 깊은 곳까지 들어온다.

강렬한 빛이 거처 곳곳의 음기를 쓰러뜨리는가 싶더니 불현듯 그 힘은 스러져 서편 하늘에 붉은 노을로 번져 있다. 건너편 상가에 오밀조밀 어깨를 붙힌 건물들이 하나둘 옆구리에 불빛을 켜고, 어느새 내 창가에까지 다가와 있다.

나는 발코니에서 저녁이 어둠으로 변해가는 하늘을 바라본다. 건물들 너머 먼 산이 검은 무게로 가라앉기 시작하고, 하늘이 붉은색을 잃고 보라로, 어두운 감청으로 물들었다가 마침내 어둠으로 변해가는 모습을 바라본다.

초저녁 별 하나가 희뿌옇게 모습을 드러내 보이다가 점차 커져가는 지상의 도시 빛에 지워져버리고 빈 하늘이다. 작고 아름다운 것은 지고, 크고 강한 것이 지배하는 도시의 밤이 시작된 것이다.

언젠가 어둑어둑해져가는 고산준령을 넘어가는 여행길에서 만났던 일몰의 노을과 저녁이 떠오른다. 도시를 벗어나 수없이 많은 산들의 모퉁이를 돌고 돌아 올라선 높은 산 정상에서 바라본 그것은 이 지상에서 가장 오래된 첫 저녁임이 분명했다. 빛의 처음이자 마지막 생성이며 소멸인 듯한 어둠이 세상을 광대하게 물들이고 있었다. 도시에서 만나는, 늘 어제와 같은 그것과는 다른 어떤 숭고함이랄까. 나에겐 없는 종교적 예감마저 느껴졌다.

146

태양이 지상의 모든 빛들을 서쪽으로 서쪽으로 몰아 하나의 붉은 핵 속으로 거두어들여 마침내 박명의 저녁을 남기고 지구 뒤편으로 사라져갔다. 하늘에 가장 가까운 별들이 하나둘씩 불을 밝히고 땅들은 혼령처럼 더욱 선명히 그들의 검은 존재를 드러내기 시작했다.

억만 겹의 시간의 주름이 만든 골짜기 여기저기에서 알 수 없는 생명체들의 그림자가 어른거리고, 나무들은 이파리를 비늘질하여 반짝거리며 가지를 털었다. 그리고 둥치 아래서부터 위로 검푸른 숨을 내뿜은 다음 수런거리기 시작했다. 짐승들의 눈에 박힌 별빛이 골짜기를 넘나들며 부유하고, 새들이 나뭇가지에 앉아 그것들을 하나둘 낚아채 입안에 넣고 밤의 노래를 부르기 시작했다. 그리고 떠돌던 어둠들은 나뭇잎 아래에 매달려 점차 투명한 흑진주 같은 시간의 이슬로 변해갔다.

　이윽고 모든 검은 시간들이 켜켜이 가라앉아 점차 땅과 하늘이 하나의 검은 숯덩이처럼 응고되어갔다.

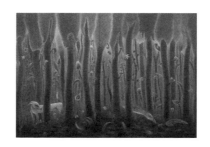

어떤 야행

땅거미가 내리고 있었다. 빌딩 너머 서쪽 하늘이 붉은 잔 기운의 어둠으로 잠겨가고 건물 사이 틈마다 어둠들이 스멀 거리며 기어 나오고 있었다.

어딘가로 돌아가야 했다. 서쪽으로 가고 싶었다. 땅 저편 으로 넘어가버린 해가 검붉은 예감을 남겨놓은 서쪽으로 불 현듯 가고 싶었던 것이다.

점점이 저녁 불들이 켜지기 시작하더니 순식간에 도시의 거리는 쏟아져 나온 차들과 사람들로 북적였다. 지친 일상과 갖가지 욕망들이 네거리를 무표정하게 교차하는 것을 차창 밖으로 바라보았다.

집과 직장을 오가는 도시 유랑자들의 차량들이 끝도 없이 정체되어 늘어선 풍경은 마치 환영받지 못한 이민자들의 행렬만큼이나 고단해 보였다.

낙동강을 건너 소도시 외곽을 지나고부터 불 꺼진 작은 공장들이나 과수원들로 인해 바깥은 빛보다는 어둠의 공간이 점차 늘어갔다. 마침내 도시의 소란에서 멀어져가고 있음을 느낄 수 있었다. 어둠속 저 멀리 또 가까이 이따금 스치는 빛들이 다가왔다가 사라지는, 조용하고 느린 평화 같은 주행을 계속 이어갔다.

낮의 시간이었다면 그저 그런 낮은 산과 들판 여기저기의 공장들이나 뜬금없이 들판에 서 있는 고층 아파트가 지나는 구태의연한 풍경이었을 테지만, 나는 그때 어둠이 만든 단색 회화 같은 신비한 시간 속을 달리고 있었던 것이다. 마침 그때 흘러나온 연주곡 〈Returnning home〉은 매혹적이고 아름다운 선율로 나를 낯설고 어두운 신비 속으로 이끌어주기에 충분했다.

별다른 기억이 없는 그 지역 유명 음식으로 저녁 식사를 하고 나와 걸었다. 크지 않은 도로를 건너 골목길로 들어서니 희미한 야전을 밝히고 철시를 하고 있는 골목 시장이었다. 낮 시간의 소란들이 구석구석 어둠으로 굳어 아무렇게나 널브러져 있는 듯한 어수선한 파장 분위기였다. 포장 선술집에 앉아 있는 사내는 컴컴한 구석에서 옷가지를 리어카에 신고 있는 남자를 손짓으로 불러댔다. 화덕 위에서 김이 무럭무럭 피어오르는 국밥집 뿌연 유리창 안에 사내 서넛이 술잔을 기울이고 있었다.

어두운 발길 아래서 야채 쓰레기가 미끈거렸다. 노점의 가판대 위에는 쏟아 부어놓은 싸구려 액세서리들이 주인은 간데없이 꼬마전구 아래서 반짝거리고 있었다. 물건들을 커다란 비닐 천에 큰 덩어리로 싸서 마감을 해둔 노전과 아예 문을 닫은 가게들이 이어졌다.

골목 끝자락을 꺾어 돌아서니 낮은 가옥들이 모여 있는 오래된 동네가 나타났다. 사람 키를 겨우 넘길 듯한 슬레이트 지붕 아래 희미한 봉창 안에서 티브이를 켜놓고 가족들이 저녁식사를 하며 도란거리는 소리가 새어나왔다. 오랜 먼지가 앉은 나무 창틀에 껌종이가 끼워져 있고 그 모서리 안에는 집거미가 잠을 자고 있었다. 그리고 어딘가에 재래식 화장실이 있는지, 오래전에 잊어버린 나의 후각을 되살렸다. 저쪽에서 녹슨 철대문을 여닫는 소리가 들리더니 아이의 말소리가 이어지고 다시 골목 안이 조용해졌다.

나는 누군가 내놓은 일자형 나무의자에 앉아 낮은 지붕 사이로 보이는 밤하늘을 올려다보았다. 그때 마침 남방 어딘가로 향해 야간 비행선이 섬광을 번쩍이며 날아가고 있었다. 그 아련한 깜빡거림이 반대편 처마 끝 너머로 사라지고 난 뒤 오랫동안 나는 빈 하늘을 올려다보았다.

지붕 사이에 열린 어두운 회색 하늘에 생의 먼 길을 걸어온 고독과 애수의 향수가 고여들었다. 그리고 삶의 원형의 소리가 밤의 시간 속으로 잦아들어 골목이 점차 외등의 오렌지빛 고요로 채워져갈 때까지 그대로 거기 앉아 있었다.

골목을 돌아 나와 큰 도로가로 나갔다. 불 꺼진 가게들 사이 아직 문이 열린 찻집이 있어 들어갔다. 오래된 벽돌건물을 개조하여 제법 멋스런 분위기를 연출하고 있었다. 늦은 시간인데도 특별한 차를 즐기는 마니아들이 혼자 혹은 두어 명씩 자리를 차지하고 책을 보거나 음악을 듣고 있었다.

까만 빛 커피가 담긴 잔 안을 가만히 들여다보았다. 짧고도 먼 길을 돌아온 여행자의 감미로운 피로가 어른거렸다. 나는 홀연한 일탈의 쓰고도 달콤한 차를 한 모금 마신 뒤 눈을 감고 의자에 깊숙이 몸을 묻었다.

적당한 거리

투명하고 작은 유리잔에 비스듬히 초록색 꽃대를 기울인 분홍빛 패랭이가 꽂혀 있었다. 마주한 J의 뒤편 벽에는 조용하고 느린 회색 오후가 머물고 있었고 마크 로스코풍의 추상화 액자가 소박한 조명을 받고 있었다. 창밖 맞은편 벽을 타고 올라간 아이비 잎에 붙어 있던 오후의 빛들이 J의 옆얼굴에 난반사로 닿았다가 떨어져 내렸다. 찻잔을 들어 향기를 마셨다. 검은빛 에티오피아 저 먼 이국의 야성이 내 몸으로 들어와 어느새 부드러운 풍취로 가라앉았다.

J를 바라보았다. 가벼운 미소로 찻잔을 들어 차를 들이킨 후 창밖을 보던 시선을 거두어 느리게, 그리고 낮게, 일상과 주변과 사회를 말하였다.

수개월 전에 보았던 J의 표정에 몇 개의 다른 시간이 어른거리는 것도 같았지만 분명하진 않았다. 우리의 대화 언저리에 얼핏 알 수 없는 낮고 푸른 느낌들이 드나든다는 것을 눈치챈 나는 그것들을 분홍 패랭이 꽃잎의 시선으로 이끌어 투명 유리잔에 담았다. 그러자 J의 음성이 유리잔 안으로 떨어져 파문을 그리며 가라앉았다.

J의 음성이 그린 물그림자가 암갈색 테이블 위에 비스듬히 드러누워 나를 올려다보았을 때 아이비 광택이 유리창에 부딪히는 소리가 났다.

오후의 그림자가 찻집 지붕으로부터 미끄러져 내려와 창밖 지면 위에 슬그머니 드러눕기 시작했다. 붉은 흙 화분에 핀 제라늄 꽃이 희게 돋움할 때 J가 지난 여행을 말했다.

문득, 낯선 도시에 산재해 있던 자유와 방종의 알 수 없는 해방으로 삶을 해독하고자 했던 나의 묵은 여행들이 재킷 호주머니를 비집고 나오려는 가려움이 느껴졌다. 내가 그것을 눌러 참으며 J를 바라보자 J가 웃었다.

웃는 입가에 J의 여행들이 묻어났다. J의 비어 있던 찻잔 속에서 사막과 협곡을 지나는 고난과 희열의 시간들이 차올랐다. 그것들이 찻잔을 넘어 차받침과 테이블에 고일 때까지 나는 그것을 내려다보고 있었다. 그 사이 테이블에 로스코의 색면과 색면 틈의 지평이 내려앉고 있었다. 밤새 J는 뒤척인 듯했다. 별의 시간과 옅은 어둠의 농도가 J의 목덜미에 거뭇하게 배여 있었기 때문이다. 그래도 J가 농담을 버무린 일상을 이야기할 때 창밖의 사루비아 붉은 꽃그림자가 J의 옆얼굴로 다가와 살짝 흔들리는 것이 보였다.

나는 웃으며 나의 찻잔에 남은 에티오피아의 향기와 소금 사막 지평 너머로 지는 석양에의 욕망을 마셨다. J가 아직 내 잔에 그것이 남아 있다는 것을 모르는 듯 아는 것 같았다.

찻잔을 내려놓을 때 마르첼로의 오보에 2악장이 우리 둘 사이에 끼어들었다.

그것이 우리의 마른 가슴을 영혼의 상공으로 이끌고 가 지상 저 끝 어딘가의 절벽에 내려놓더니 최초의 순수로 흠뻑 적셨다. 그러곤 잠시 후 오보에 낮은 선율이 창가에 저녁을 슬며시 내려놓고 사라졌다.

저녁이 도시 외곽 작은 골목에서 서성이다가 어느 순간 어둠을 이끌고 와서 J의 등 뒤에 우두커니 서기 시작했다. 그때 나는 삶의 수많은 알 수 없는 경계의 갈등과 무거움들이 J의 등 뒤에 숨어 있음을 눈치챌 수 있었다.

빈 찻잔을 만지작거리던 J의 손이 옷자락에 묻은 저녁의 예감에 닿자 패랭이 이파리가 어두운 녹색으로 변해갔다. J가 음영이 배인 이마를 들었다가 패랭이 유리잔에 어떤 망설임을 비추었다. 조금 더 선명해진 물그림자가 순간 흔들리는 듯했다.

저녁이 유리창 밖에 서서 우리를 빤히 들여다보고 있었다.

출입문을 밀고 나왔을 때 거리 바닥에 엎드려 있던 저녁이 갑자기 일어서며 내 핸드백을 낚아채려 하자 J와 나 사이에 마크 로스코와 패랭이와 제라늄과 사루비아와 마르첼로로 채워진 거리가 일어섰다. 적당한 거리였다.

　우리는 다시 만날 약속 없이 헤어졌다. 적당한 거리, 그 것 때문에 우리가 문득 어느 날 만날 것임을 알고 있기 때 문이다.

강한 부드러움

영화 〈Everything will be fine〉. 교통사고로 인해 그 당사
자와 주변인들이 겪는 고통과 갈등을 중심 스토리로 하고
있다. 영화는 죽음이라는 무거운 소재가 주인공의 선한 내적
파동을 따라 흘러가는 과정을 자연스럽게 보여주고 있다. 그
리고 등장인물들의 고통스러운 관계로 인한 위기가 파국으
로 전개되지 않게 하면서도 순수한 감동에 이르게 한다. 사
고로 인한 트라우마 기저에 긴장을 깔고 있으면서 그 중심을
둘러싼 다양한 감정들을 좋은 영상과 음악에 버무려 무리 없
이 이끌어나가는 노련한 전개가 돋보였다. 그리고 격렬한 감
정고조를 절제하여 끝내 단 한 번의 진한 감동을 엔딩으로
이끈 좋은 영화였다.

같은 시간 다른 상영관에서는 최근 개봉한 화제작이 상영되고 있었는데 연신 쿵쾅거리는 효과음이 밖으로 새어나왔다. 여러 매체를 통해 그 영화에 대한 정보를 접했던 터라 대충의 스토리는 알고 있었던 데다가 상영관 밖으로 울려 나오는 효과음만으로도 어떤 영화인지 알 수 있을 것 같아 그 영화에 대한 호기심이 약해지는 듯했다.

반복되는 자극에는 결국 면역이 생기기 마련이다. 영화 한 편 속에서 수많은 감정의 고조에 시달리다 보면 어느새 감동의 본질은 사라지고 스토리의 껍데기만 남는다. 영화를 보는 동안 격한 감정에 휘둘리다가 극장 밖으로 나오면 그 감동은 언제 그랬냐는 듯 송두리째 사라지게 되는 경험이 바로 그런 경우일 것이다. 그래서 감독은 영화의 성공을 맛보기도 전에 좀 더 강한 감동을 구상하느라 고심할 것이다. 좀 더 강한, 좀 더….

강렬한 감동을 요구하는 우리의 힘든 현실은 갈수록 극단적인 정서로 치닫고 있는 것 같다. 그러나 반복되는 자극은 결국 면역이 생기게 마련이고 그런 소비적 감동으로 우리 스스로를 치유하기는 어려울 것이라 생각한다. 오히려 자신을 조용히 들여다보고 자신의 빈틈을 찾아 조금씩 채워나간다면 어느 순간 보다 단단해진 자신을 발견할 수 있을 것이라 믿는다.

초기의 나의 작품은 강렬한 표현으로 묘사된 것들이 대다수다. 생의 속살을 보색의 강렬함으로 표현하기도 하고, 생명의 역동성을 왜곡되고 도발적인 어법으로 표현하기를 망설이지 않았다. 그것은 거침없는 젊음의 에너지 넘치는 패기라고 할 수 있지만, 한편으로는 수많은 작품 중에서 내 작품이 눈에 띄게 하기 위한 욕구의 표현 아니었을까 하는 의구심을 지울 수 없었다.

언젠가부터 나는 자극적이고 강렬한 단순함의 그 틈에 낮고 따뜻한 부드러움이 필요하다는 것을 깨달았다. 지나친 감정의 노출은 감상자에게 피로감을 줄 뿐 아니라 전달하고자 하는 진정한 의미를 오히려 약화시킬 수 있다는 것을 알게 된 것이다. 그래서 많은 파작(破作)을 내가며 긴 시간 추구해 온 작품의 표현 어법을 바꾸는 데 몰두했다.

어느 유명 원로 예술가는 "이제 사회성이나 실험성이 치열한 작품보다는 삶의 본질을 위한 작품을 하고 싶다"고 밝힌 바 있다. 많은 예술가들의 후반기 작품에서 직설적 표현보다는 추상성이나 미니멀적 성향을 드러내는 이유가 바로 이런 자각의 결과가 아닌가 생각해본다.

이제 나도 부드러워지고 싶다. 삶의 각진 모서리를 배회하며 이룰 수 없는 것들을 앓던 그 부질없는 욕망을 내려놓아야겠다. 상처가 두려워 상처로 날을 세우던 시퍼런 대립을 온유로 보듬어야 하리라. 좁은 내 마음자리에 이해와 관용의 터를 만들어 가꾸어야지. 내 안의 따뜻함을 찾아내 밖으로 나누고 약한 것들을 연민해야지.

자연을 닮은 두 사람이 한 몸으로 옅은 미소를 띠고 있는 인물화를 그린다. 머리에 사슴의 귀와 꽃이 달린 뿔, 가슴에는 이름을 알 수 없는 어린 동물이 자라고, 회색과 검은색, 흰색의 파스텔 느낌 색채들이 부드럽게 감싼다. 심장의 자리에서 꽃이 피고 연한 분홍빛 흔적…. 자연의 지순한 부드러움이 숨 쉬는 어둠의 여백….

　그림을 그리며 내가 따뜻해짐을 느낄 수 있었다.

　내 안의 부드러움이 조금씩 살아나는 것 같았다.

　그리고 생각했다.

　나의 작품을 보는 사람들이 자연에 동화되어 따뜻해졌으면, 모두 부드러워졌으면….

겨울 나무의 말

　방송에서 천산만홍 화려한 가을 산이나 대도시의 멋진 가을빛 가로를 연일 보여주었다. 나도 몰래 탄성이 터져 나오지만 한편 훌쩍 사라져버릴 가을을 생각하니 다가올 긴 겨울의 음울이 두려웠다. 설거지를 하며 창밖에서 변해가는 나무 잎사귀를 바라보는 마음이 유난히 조바심쳐지는 게 왠지 여느 해의 가을과는 달랐다.

　비에 젖은 숲이 희뿌연 안갯속에 가라앉아 있었다. 물을 흠뻑 머금은 나무의 검은 둥치들이 힘차게 땅을 딛고 서 있는 숲속으로 걸어 들어갔다. 구릉지에 고여 있던 안개로 인해 나무 간의 간격이 군데군데 지워져 낯선 숲에 들어온 듯 새로웠다.

상록의 숲을 지나 벚나무 숲에 이르렀다. 그것들은 이미 많은 잎을 떨구고 빈 가지는 비에 젖은 선홍빛 잎 몇 개만을 매달고 있었다. 초봄 빈 가지에 가장 먼저 꽃을 피워 온 산을 꽃무리 지우던 벚나무는 이미 나목이 되어버린 것이다. 먼저 온 것은 먼저 가는 것이리라.

졸참나무 노란 잎들이 툭툭 떨어져 내 발길에 차였다. 누군가 위에서 부러 아래로 잎을 떨어트리는 듯 무거운 낙하력이 눈에 보이는 게 서둘러 갈무리하려는 나무의 뜻으로 느껴져 내 마음마저 왠지 초조해졌다.

무거운 마음으로 산책로 외진 길을 돌아서니 저쪽 한 구석이 유난히 환한 느낌이 들었다. 가까이 가보니 아카시아 향기로운 꽃이 지고 난 후 작은 잎들이 큰 나무들에 가려 존재를 잃었다가 비에 젖어 샛노란 빛으로 흐린 숲 어두운 길을 환히 밝히고 있었다.

많은 잎들이 땅에 떨어져 마치 황금동전을 뿌려놓은 듯 별천지에 온 것 같았다. 그러나 한편으로는 가지에서 떨어져 내리는 노란 음표들의 무성 악곡이 비애로웠다.

물푸레나무 가지에 앉은 곤줄박이 한 마리가 젖은 깃을 털고 있었다. 노란 이파리가 성글게 남아 있는 가지 아래, 상향을 멈춘 마른 칡넝쿨이 어지러이 얽혀 있었다. 보랏빛 향기로운 꽃을 피워 올리며 검은 섬모의 촉수를 꼿꼿이 세운 채 성하의 수풀을 뒤덮어 평정하던 가공할 만한 그 생명력이 이제 마른 줄기의 잔해로 스러져 있었다.

마치 찬란한 불꽃놀이가 끝난 뒷자리처럼, 강렬함의 다음은 그만한 크기의 초라함이라는 이치를 알게 해주는 듯, 칡의 강한 생명력은 말라빠진 이파리와 마른 넝쿨들을 남기고 저 깊은 뿌리로 돌아갔다.

꽃과 신록으로 찬란히 자신을 빛내주던 그 몸의 일부를 가차없이 떨구어내고 외부와의 단절로 겨울을 견디며 재생의 침묵으로 묵상하는 나무들처럼 이제 나도 나를 비우고 닫아야겠다.

성취 욕구로 무질서하게 돋아난 욕망의 가지를 잘라내야 한다. 내 속에 뻔뻔히 자리 잡고 있던 낡은 자만을 쫓아내고 닿을 수 없는 꿈으로 뒤척이던 부질없는 불면의 조각들을 모조리 걷어낼 것이다.

내 마음 한편에 은밀히 자리하고 있는 증오를 끄집어내어 털어버리고 가끔 불시로 치솟는 분노를 다독여 내보내야겠다. 내 심장의 그늘에 어둑히 자리한 공연한 근심을 불러 내쫓아야 한다. 부질없는 기다림이나 허황된 희구, 그 잡동사니들을 모두 내 밖으로 밀어내고 나를 닫을 것이다.

나는 빈 어둠이 되어 나무처럼 서서 겨울을 견딜 것이다. 내 밖에선 북서풍 매서운 바람이 불고 때론 진눈개비 흩날릴 뿐 아무도 나의 문 두드리는 이 없이 밤과 새벽이 석 달 열흘 교차하겠지. 긴 겨울의 무채색 풍경이 불러일으킨 우울감으로 안절부절 창가를 서성이겠지. 옆구리를 파먹어오는 고독으로 날로 야위어가겠지….

그러나 바야흐로 나무의 땅 저 밑에서 물 흐르는 소리가
나고 무언가 꿈틀거릴 때쯤 빈 내 속에도 새 움이 틀 것이다.
또다시 새로운 내가 시작될 것이다.

모든 것을 버리고 빈 몸으로 전하는 겨울나무의 말을 바라
본다.

당신에게

저녁 어스름이 내릴 때쯤, 가끔 그곳으로 찾아가곤 했다.

여름 저녁 뿌연 안개가 깔리는 시간이거나 가을날 담장에 감잎이 빨간색으로 물들어가고 있을 때, 웅크린 사람들이 종종걸음으로 그들의 문 안으로 들어가고 없는 빈 골목의 겨울 저녁들. 그때 나는 그곳으로 찾아갔다.

변전소 불빛이 환히 내리비친 언덕 위 골목 끝자락, 당신의 처소 거기서 들려오던 웃음소리들. 때론 불 꺼진 창의 적막. 그날은 오랫동안 당신의 창에 불이 켜지지 않았다.

검은 시간이 내려앉은 담벼락 아래에 서서 마주한 고양이의 시선은 어쩐지 불온했다. 그리고 그 더디디더딘 외등 그림자의 몸짓으로 인해 내 신발 앞코가 조금씩 마모되어가고,

어디선가 녹슨 모서리가 부스러지는 소리가 들렸다.

담장 이쪽으로 넘어온 무화과가 불그레한 충만을 참지 못하고 빨간 섬모의 속내를 낭자하게 드러내고는 어찌할 바 몰라 하는데도 돌아선 골목은 아직 묵묵부답이었다. 나는 지친 어둠을 끌고 돌아올 수밖에 없었다.

나는 뒷자리에 앉았다.

늦은 오후, 네온 불빛이 하나둘 빛나기 시작하는 거리 오르막길을 변두리 버스가 무겁게 달리고 있었다.

크리스마스 캐럴이 흐르는 작은 음반가게 앞 정류장에서 승객 두어 명이 내리고, 선물상자를 옆구리에 낀 젊은 무리들이 승차하여 들뜬 소란을 차 안에 가득 흩뿌려놓고, 서너 구역 지나 우르르 하차했다. 창밖을 응시한 사람 두어 명과 고개를 쳐든 채 눈을 감고 앉아 있는 퇴근길인 듯한 중년, 짧은 파마머리의 늙은이, 목적 없이 올라탄 나를 실은 버스가 고가로 교각 밑을 지나고 있었다.

12월의 바람이 가로수 마른 가지에 제 몸을 칭칭 감고 매달려 내가 탄 버스를 내려다보았다.

네온사인이 화려한 번화가 정류소에서 하차하여 난전이 늘어선 상가 거리로 들어갔다. 난전 가판대 위의 카바이드 불빛이 바람에 위태롭게 흔들렸다. 자선군의 종소리 사이로 쌍쌍이 짝을 지은 많은 사람들이 물 흐르듯이 밀려가고 있었다.

12월 어느 저녁의 캐럴과 빨간 모자와 털장갑과 종소리, 그리고 반짝이는 불빛들이 수많은 발걸음에 부딪치거나 차

여서 도심의 골목 구석구석에 가 박혔다. 그것들은 골목에 세워둔 노랗거나 빨간 입간판 아래서 시커먼 어둠이 되어 서서히 질펀한 밤으로 변해갔다.

돌아가는 버스를 탔다. 앉아 있는 내게 취객의 옷자락에서 구역질이 묻어났다. 비틀거리는 밤이 내 어깨를 툭 건드리거나 난데없이 발등에 떨어졌다.

거리의 불빛이 점차 탁한 오렌지빛 피로색으로 변해가고 있었고 변두리 상점들이 문을 닫아 어두운 거리를 버스가 달렸다. 다시 교각 밑을 지나 고개를 무겁게 오르고 내려 낡은 간판들과 전봇대와 가지 앙상한 가로수가 서 있는 그 정류장.

나는 그날, 당신이 타고 내리던 정류장을 두 번 지났다.

여름 어느 날 당신의 깊은 집 마당에 들어섰을 때 늙은 바람 가루와 말라빠진 비의 냄새가 나의 옷섶에 와 닿는 것을 느꼈다. 오후의 정적이 경사진 그늘에 앉아 졸고, 그 옆을 지나 바깥 채로 이어진 조그마한 통로 벽에 바랜 시간들이 군데군데 얼룩져 있는 것이 보였다.

집수리를 하던 집거미와 눈이 마주쳤을 때 마침 골목을 꺾어 돌아 온 바람 한 줄기가 나의 민소매 겨드랑이를 건드렸다. 정강이 높이의 문턱을 올라서 반쯤 열려 있는 은색 손잡이 문을 밀고 당신의 서가로 들어갔다.

당신이 앉아 있던 책상 옆 창가에서는 황매화와 조팝꽃이 피었다 지고, 유월의 수국이 비에 젖었다 피고 지고⋯. 그날은 달리아의 정염이 검붉게 타오르고 있었다.

청마가 깃발을 옆에 두고 연서를 쓰는 창가를 지나 라스콜니코프가 소냐의 무릎 아래 엎드려 흐느끼는 저녁 앞에선 애잔함이 목에 차올랐다. 그런데 어디선가 난데없이 조르바가 춤을 추며 뛰어나왔다가 사라졌다. 그리고 오이디푸스가 내뱉는 회한의 탄식은 쉰 냄새를 풍기며 표지의 낡은 모서리를 깎아내렸다.

독일인이 마리아를 향한 뜨거운 연정을 품은 채 물푸레나무가 늘어선 라인 강변을 걸어가고 있을 때 저편에서 각진 재킷 차림의 니나가 도도한 걸음걸이로 걸어왔다. 나는 그녀의 외양에서 느껴지는 알 수 없는 강인함에 눈을 뗄 수가 없었다.

그리고 그날, 루이제 린저의 니나를 처음 만나게 허락해준 당신의 문을 열고 나는 세상으로 나와 다시는 거기로 돌아가지 않았다.

모란디와의 조우

오후 너덧 시경 산에 오른다. 길가에 마른 야생초들이 차
가운 바람에 서로의 몸을 부비며 서걱거린다. 나목들이 모든
수식을 벗고 본질만을 드러낸 채 우뚝우뚝 서 있는 모습이
을씨년스럽다.

본질의 직설, 그 빈 가지에 가시 같은 경각들이 북서풍으
로 몰아친다. 나뭇가지에 앉아 있던 까마귀 한 마리가 단발
의 짖음을 내 정수리에 정타(正打)하고 허공 속으로 날아
간다.

언 땅은 긴 침묵이고 텅 빈 산에 고운 새들은 없다. 겨울
문 두드리는 이 없고 건조히 시린 나는 문 안에서 홀로 아프
다. 푸른 잎들의 팔랑임과 새들의 지저귐을 처방받고 싶다.

100호 두 개를 이어놓고 캔버스 가득 녹색을 쏟아 부었다. 유채 결핍의 본능이 이끄는 대로 녹탐(綠貪)의 광기를 내버려두기로 했다. 수천, 수만 개의 푸른 잎사귀들을 그려서 허기를 채우고 뒤로 물러섰다.

그러나 욕구충족의 포만 뒤 내 몸을 점령한 무거운 불쾌감을 예상 하지 못했다. 다시 앓아야 했다. 모란디를 만나러 덕수궁 미술관으로 갔다.

사물들은 이미 사물이 아니다. 그 사물들을 둘러싼 시간 또한 과거도 아니고 미래도 아니다. 무언가 읽을 수 없는 고체의 숨결 같은, 익숙지 않은 기운을 발산하는 자그마한 still life.

작은 공간 안에 오랫동안 스스로의 고립을 채우고 하얀 시트 위에 걸터앉아 밤마다 사물들에게 건넸던 수많은 말들일까.

그리고 무채의 이름 할 수 없는 색들과 가늠할 수 없는 물감의 시간적 층위. 그것들은 나의 발길을 붙들지도 않고 나를 다시 그 앞에 돌아오게 했다.

내가 다시 돌아왔을 때 사물들은 이미 존재가 되어 있었다. 서로의 몸을 바짝 붙이거나 옆구리에 무채의 시간을 끼고 서 있는 말없는 웅성거림은 작은 화면을 증폭시켜 나를 그들 곁으로 끌어들였다.

나는 그 작은 것들 곁에 섰으나 그들에게 들어가는 길을 알 수 없어 작고 거대한 느낌 속을 이리저리 헤매야 했다. 물성이 지워진 사물을 둘러싼 색채의 시간은 좀처럼 그 입구를 드러내지 않고 지평에 문득 넘어진 흑연 그림자 또한 경계를 열어주지 않았다.

그러나 나를 밀어내는 만큼 나는 이미 끌려가고 있었다. 그 힘은 너무나 완강하여 그것들 밖에 서서도 그것들이 발하는 색채의 시간에 내 몸이 서서히 적셔지고 있음을 느낄 수 있었다.

내 안에서 희미한 동요가 일었다. 모란디의 사물들이 나에게 건네는 낯선 질문과 수수께끼 같은 색채의 시간들이 내 속에 널브러져 있던 낡은 색채들을 툭툭 건드렸다.

팔레트 위에 내가 오랫동안 배열해둔 색채의 인식들이 익숙함에 의한 결핍으로 인해 현기증을 일으켰다. 노쇠한 그들이 부스스 일어서며 내 눈치를 보다가 물러나 앉아 색채의 시간에 잠겨 침묵으로 수런거리는 사물들을 바라보았다. 나는 그것들 모두를 그 자리에 두고 슬그머니 밖으로 나왔다.

새로움의 충격에 곧잘 여지없이 무너져 구태한 모사나 허접을 재생하기 일쑤였던 나는 전시장 밖 의자에 앉아 내 속의 동요를 가만히 들여다보았다. 내 밖에서 모란디와 나를 바라보았다.

작은 내가 커다란 모란디에게로 다가가다가 물러나니 뒤이어 모란디가 내게 다가왔다. 둘이 다가감과 물러남을 거듭하더니 어느새 나란히 지평에 앉아 있는 게 아닌가. 마치 모란디의 사물들처럼….

나는 이제 조악한 모사를 일삼지 않을 수 있을 것 같았다.

역으로 가서 하행 열차를 탔다.

불면과 달팽이

지난밤에도 불면이라는 불청객이 찾아왔다. 허접한 생각 나부랭이들과 싸우느라 찢어질 듯한 눈꺼풀 사이로 허옇게 바랜 어둠들이 방 안을 둥둥 떠다니는 것이 보였다.

지우기를 반복하며 실마리를 잡지 못한 채 미뤄둔 작품, 감기 기운으로 앓다 잠이 든 아이, 물 주기를 잊은 화분의 꽃들, 냉장고 안 깊은 곳에 들어 있을 오래된 식품들…. 그것들이 하나씩 하나씩 일어나 나를 향해 얼굴을 들이댔다.

도무지 잠을 청하기가 여의치 않을 것 같아 거실로 나갔다. 베란다 안으로 들어온 달빛이 거실 바닥 가득 드러누워 있었다. 그런데 그 속에서 무언가 움직임이 느껴졌다. 자그맣고 동그란 것이 제 그림자를 느리게 밀며 어딘가로 향하고 있었다.

자세히 들여다보니 작은 달팽이였다. 언젠가 들판을 거닐다가 길가에 눈곱만 한 꽃잎을 가진 야생초를 만나 그것을 조금 들고 와 내 집 베란다 화분에 옮겨 심은 일이 있었다. 그때 그 야생초 뿌리에 붙어 있던 달팽이 한 마리가 베란다 화분에 터를 잡은 것이었다.

작업을 하다가 틈틈이 화분에 물도 주고 작은 식물과 이야기를 나누다 보면 녀석이 나타나 나에게 수줍게 말이라도 건네는 듯 더듬이를 요리조리 움직여 보이곤 했다.

그런데 어쩐 일인지 요사이엔 좀처럼 보이지 않다가 가끔 양치식물 이파리 밑에 나타나 그 신비로운 모습으로 나에게 목마른 사랑만 남기고, 어느새 화분 깊숙한 곳으로 사라져 버리는 것이었다. 그러면 나는 그 자리에 아쉬움의 분무질만 흠뻑 해줄 뿐이었다.

날씨가 추워지자 통 보이지 않던 녀석이 오늘밤 온기가 도는 거실 바닥에서 무슨 일로 그리 온 힘을 다해 기어가고 있었던 걸까.

어느 날 아침 거실 가운데서 식구의 발길에 밟힐 뻔한 적이 있었기에 녀석의 행적을 유심히 살펴보았다. 베란다에서 거실을 거쳐 제가 들어왔던 출입문을 향하는 것 같았다.

우리가 잠든 사이, 녀석은 그 느린 몸짓으로 겨울잠을 위한 귀향의 탈출을 시도하고 있었던 걸까. 달팽이에 대한 미안한 마음에 끝내 잠을 이룰 수 없었다.

때론 쓸쓸함

어떤 이가 쓸쓸함을 말한다. 언제나 자신감 있는 모습으로 살아가고 있는 그가 술을 들이켜며 인생의 쓸쓸함을 연거푸 말한다. 나는 삶이 원래 그런 거 아니냐고 반문하며 술잔을 든다.

인간의 변질된 욕망과 정치, 시대적 병폐들에 쓸쓸함을 섞어가며 토로하는 그의 입가에 거품이 인다. 나는 더 반문 없이 술잔 속에 떠 있는 나를 본다.

단단한 고체와 같은 일상 속에서 가끔 저 먼 유랑의 꿈을 꾸지만 현실의 무거운 두께 속에 갇힌 내가 물끄러미 나를 올려다보고 있다.

여기저기 어떤 대화들로 소란한 자리에서 일어나 묵례를

하고 무리를 빠져나와 골목길을 걷는다.

12월의 거리에 빛들이 넘쳐난다.

많은 빛이 만들어낸 그림자들이 지하철 계단에 엎드려 손을 벌린다. 지폐 한 장을 쥐어주고 전철을 탄다.

전통차 안엔 송년 파티객들로 만원이다.

창 쪽으로 기대고 서서 흔들리는 대로 몸을 맡기고 눈을 감는다. 취기가 오르는지 전동차의 소음과 사람들의 말소리가 까마득하다.

서너 역을 지나 지하철에서 내려 온천천을 따라 걷는다. 개를 데리고 산책하는 사람이 지나가고 긴 터널 같은 복개구간을 혼자 걷는다.

누런 외등이 만든 교각의 그림자들이 서로의 몸을 포개어 누워 있다.

번들거리며 흐르는 검은 물이 나를 향해 낄낄거리며 나와 같은 방향으로 흐른다.

문득 그가 뱉어낸 쓸쓸함이 나를 따라옴을 느낀다.

그래, 삶은 왠지 모를 쓸쓸함이다.

친구

한 해의 고단했던 등불이 꺼지고, 멀리 떠났던 사람들이 돌아와 창문마다 담소의 따스함이 새어 나오는 이즈음 나는 돌아오지 않는 친구를 만나러 간다.

몇 해 전, 신이 이승의 모든 온기를 다 거두어 간 듯 갑작스런 한파가 몰아치던 날, 친구는 생의 빗장을 걸어 잠근 채 왔던 길을 돌아가고 말았다.

나보다 큰 키와 덩치로 언제나 아무 일 없다는 듯이 내 앞에 서 있던 친구.

걸핏하면 찾아드는 좌절의 아픔과 허약한 신체와 부실하기 그지없는 의지의 내가 찾아가 기대던 나무 같은 친구.

불우한 환경에도 불구하고 언제나 긍정과 웃음으로 개척

의 인생을 말없이 엮어가던 스승 같은 친구가 어린 두 아이를 두고 저세상으로 떠났다.

때때로 홀쩍 찾아가 이제는 희끗하게 늙어가는 수다를 함께 나누고 싶은데 친구는 이제 여기에 없다.

내 캔버스에 지상의 끝 너머 저 무수한 절벽과 안개와 어둠을 다 그려 넣어도 나는 그녀에게 닿을 수 없다.

이 지독한 단절을 어떻게 건너야 할지 모르는 채 나는 세상 가장 슬픈 언어로 망자를 향해 부르는 수많은 비문들이 서 있는 영락공원 언덕을 오른다.

예술의 완성

　오랜 숙려의 시간과 수많은 파작(破作)을 감내한 후, 나는 새로운 작품으로 5년 만에 초대 개인전을 갖게 되었다. 작품을 마무리하고 전시 개장이 다가올수록 나의 변화된 작품에 대한 평가가 어떨지 하는 궁금증이 점차 두려움으로 바뀌어 갔다.

　작품을 발표할 때마다 반복되는 이 공포에 가까운 질병은 세상의 문을 걸어 잠그고 혹독한 고독 속에서 거침없는 상상으로 작품을 탄생시킨 나의 풋풋한 자부심을 무참히 공격해왔다.

　예술가란 자격으로 세상과 삶을 제 맘대로 오리고, 긋고, 칠해서 작품이란 명목으로 세상에다 걸어두는 일은 그리 간단한 일이 아닐 것이다. 그러니 그것은 전시에 앞서 갖는 스스로의 면역치료인 셈이다.

철저한 고립 속에서 타성과 편견을 부수고 부정하기를 거듭하는 각고의 시간. 그리고 그 부정에 대한 책임의 부담감을 감수하며 마련한 전시. 그러나 몇 안 되는 사람들만이 관심을 가질 뿐이다. 세상은 너무 바쁘고, 할 일 많고, 빨리 지나가고…. 우린 모두 타인에게 무관심하다는 현실이 나에게 던지는 충고다.

2주간의 전시가 막바지로 향하던 어느 날, 화장기 없는 중년 여성이 전시장으로 들어왔다. 진지한 그녀의 모습에 나는 간단하게 작품 설명을 하고 그녀의 자유로운 관람을 위해 사무실로 들어가 책을 들었다. 꽤 오랜 시간이 흐른 듯하여 전시장을 내다보니 그녀는 아직 작품을 하나하나 음미하듯 관람 중이었다.

잠시 후 화랑 문을 밀고 나가는 소리가 들리기에 따라 나가 버스정류장 쪽으로 향하는 그녀의 뒷모습을 바라보았다. 그녀 뒤에서 화사하게 내려앉는 가을 햇살이 유난히 눈부셔 보였다.

"예술적 감동이란 익숙한 감각의 궤도를 바꾸고 삶을 지배하는 욕망의 배치를 바꾸는 것"이라고 말한 어느 문학평론가의 말을 나는 좋아한다. 멀어져가는 그녀를 향하여 나는, 부족하지만 나의 작품으로 인해 그녀의 삶이 새롭게 충전되기를 기원했다.

자신의 삶을 궁구하는 인간의 모습은 아름답다. 행과 불행, 희열과 고통의 늪과 같은 우리 삶. 그 속에서 수긍과 편리를 선택하고 안주해 질척이는 늪의 일부로 살다가 끝내는 굳은 땅의 저 한켠이 돼 버리는 우리의 생. 그러나 그 땅 위에 작으나마 한 송이 꽃이 되기 위해, 나무가 되기 위해 자신을 두드리는 모습은 얼마나 아름다운가.

불확실한 미래로 휘청이는 날, 이유 없는 불안을 마주하고 끝없는 나락으로 가라앉는 날, 많은 것을 가지고도 빈 가슴일 때… 영혼의 빈집을 나와 예술의 문을 두드려보라. 익숙지 않은 불편과 낯섦의 충격 앞에 서 있어보라. 우리를 장악하고 널브러져 있던 익숙한 타성과 편견들이 낯선 불편들의 매서운 눈초리에 떠밀려 슬금슬금 내 밖으로 도망치고 말 것이다. 그리고 그 빈자리는 작품 속 수많은 암시들로 채워질 것이다. 암시들은 점차 내 안에서 '꿈', '새로움', '희망' 같은 빛나는 것들이 되어 우리의 가슴을 요동치게 할 것이다.

몇몇 인기 작가를 제외하고 대부분의 많은 작가들은 개인전을 끝내고 심한 상실감에 빠진다. 각고의 시간을 거쳐 탄생시킨 작품들이 어떤 공감을 이루지 못한 채 빈 작업실로 돌아오게 되면 종종 붓을 꺾는 작가들이 있다. 또 해마다 다수의 화랑이 생겼다가 사라지길 반복한다.

대중의 다양한 관심과 비평이 우리 사회를 융성한 문화예술로 이끌 수 있다고 생각한다. 많은 사람이 화랑이나 미술관을 찾아가 예술가들이 삶에 던져놓은 질문들을 하나씩 주

워 가서 각자의 사유로 닦아 빛을 낸다면 비로소 진정한 예
술이 완성될 것이다.

나의 길

올해도 새해맞이 명소들이 많은 사람들로 북적이는 모양
이다. 좋은 자리를 선점하기 위해 밤새워 먼 길을 달려가 추
위에 떨며 동트기를 기다리는 새해맞이 의례를 나도 몇 번
경험한 일이 있다. 해면 위에 깔린 해무에 가려 좀처럼 얼굴
을 내밀지 않는 해를 기다리던 그때 그 간절한 여명의 시간.

마침내 해가 세상으로 얼굴을 내밀 때의 환희와 감동은 그
야말로 전율이었다. 사람들은 일제히 저마다의 기도로 숙연
한 묵상에 들어가고 주변은 엄숙함마저 느껴지는 첫 출발이
었던 것 같다. 이루고자 하는 것들을 첫 해에게 다짐하고 소
원하는 의식을 치르는 그 숭고한 일을 우리는 해마다 반복
하고 있다. 그렇게 지난 시간과 새로운 시간의 경계에 선을

긋고 새 출발의 의미를 스스로 확고히 하고자 하기 위함 일
것이다.

그런데 언젠가부터 나는 그 의식에 대한 관심이 시들해졌
다. 어제와 다를 바 없는 해를 보며 간절한 희망을 품는다는
것이 어쩐지 그날로 끝나버릴 나의 개인적 이벤트일 뿐이라
는 기분이 들기 시작했기 때문이다. 그래서 지난해의 마지막
날과 새해의 첫날을 어떻게 보내야 할지 고민했다.

멀리 여행을 떠나기도 하고 집안 대청소를 하거나 작업실
을 새로 정비하기도 했다. 그러나 그런 일 또한 지난해와 새
해를 구분하여 나를 각성시켜주진 못했다. 그래서 요즘에는
새해라는 것에 특별한 의미를 부여하지 않기로 했다. 다만
어제 하던 일을 연이어 해나가는 밋밋한 새해맞이를 하고 있
었다.

올해도 그런 새해 첫날이 무의미하게 느껴져 길을 나섰다.
나무들이 본질의 뼈다귀를 있는 대로 다 드러내고 있는 회갈
색 풍경 속을 달려보고 싶은 생각에 무작정 길을 나섰다.

시외로 빠져나가는 외곽 도로에 당도하기까지는 도심의
소란과 번잡함을 인내해야만 했다. 신년의 새 기운을 탁한
도시에게 뺏겨야 하지만 하는 수 없는 일이었다. 간신히 겨
울나무들이 늘어서 있는 시외 도로에 접어들고 보니 욕심이
났다. 좀 멀리 내륙 산간 국도를 달려보고 싶은 생각에 아직
가본 적 없는 큰 산의 휴양지를 목표로 하여 내비게이션을
작동시켰다.

그런데 웬일인지 차는 새로 건설된 큰 도로를 지나 대도시로 들어가는 경로를 향하고 있었다. 당연히 단거리 직선경로로 가리라 생각했던 예상을 깨고 차는 이미 먼 길을 돌아 대도시의 번잡함을 통과하고 있었다.

내가 원하는 경로를 선택하지 않고 입력돼 있는 기본 매뉴얼을 그대로 따랐기 때문인 것 같았다. 산을 넘고 작은 길을 따라가는 여유로움을 기대했던 것과는 너무 다른 길로 달리고 있었던 것이다. 여우 피하려다 호랑이를 만난 꼴이었다. 신년 벽두부터 나는 인내의 극한을 맛보아야 했다.

돌아오는 길은 기계에 의지하지 않고 내가 원하는 길을 찾아가기로 했다. 왔던 길을 돌아가지 않고 다른 길로 가는 모험을 선택했다. 약간의 긴장을 느끼며 막연하지만 나름대로 방향을 잡고 도로표지판을 따라가다 보니 마침내 갈 길의 확실한 방향을 잡을 수 있었다.

지도에도 없는 작은 국도가 뻗어 있고 양쪽에는 겨울 산들이 첩첩이 펼쳐진 회갈색 겨울 풍경 속으로 이어진 길, 바로 내가 기대했던 그 길로 접어들었다. 원하지 않은 행로로 인해 내 몸에 쌓였던 스트레스가 일시에 날아가는 것 같았다.

길가에 늘어선 나무들의 빨간 겨울눈은 파란 하늘을 향해 곧게 뻗어 흔들림도 없이 사유의 자태로 서 있었다. 산 아래 작은 마을의 감나무 가지에 까치가 감을 쪼고 앉아 있었고 인적 없이 고요한 오후의 엷은 햇살이 오래된 가옥에 비스듬히 기대서 있었다.

그 풍경 속으로 더 깊이 들어갈수록 내 몸에 쌓였던 긴장이 어느새 어떤 새로움이나 미세한 꿈, 선함, 의지 같은 것으로 바뀌어가는 것이 느껴졌다. 이름 모를 재에 올랐을 때 올해 첫 일몰이 하늘을 붉게 물들이며 세상에 평화의 부드러운 면포를 골고루 덮어주고 있었다. 어둑어둑해지는 산길을 구불구불 천천히 돌아 집을 향해 오는 길이 왠지 모를 행복과 희열로 충만해짐을 느꼈다.

가만히 눈을 감고 올 한 해 내가 나아가야 할 길을 떠올려보았다. 어떠한 조건들에도 흔들림 없이 나의 의지로 내 길을 개척해나가리라.

내 안의 땅

창밖의 소란한 서걱거림에 새벽잠을 깨어 어두운 사위를 올려다보다가 다시 눈을 감고 뒤척였다. 새들의 지저귐은 없으나 뒷산의 나뭇가지들이 서로 몸을 부딪고 잎을 부비는 바람소리가 잠자리에까지 거침없이 드나들었다.

저 먼 남태평양 어디에선가 일어선 거대한 기운이 포세이돈의 거친 추종자들을 이끌고 내가 사는 곳 먼 바다 어디쯤을 지나고 있는 것일까.

동트기 전 어둑새벽이 바람으로 술렁이었다. 나의 잠이 그 바람결 따라 일렁일 수밖에 없었다.

뒤꼍의 숲 위로 내 몸이 가벼이 떠올라 나는 숲과 바람이 된다. 물결이거나 비단결 같은 부드러운 물성에 휘감겨 내 몸 가득 녹음의 입자가 차오른다. 나는 참을 수 없어 폐부에 가득한, 그린과 화이트가 미묘하게 섞인 기침을 토하고 말리라. 내 사지들은 나뭇가지로 흔들리고 심장은 이미 녹액을 뚝뚝 흘리고 있지 않은가. 그리고 옆구리에 끈적거리는 연두색 소곤거림.

곧 몸에서 피어오르는 하나의 가지, 나는 놀라지도 않으리.
겨드랑이, 눈, 정수리….

내 몸 구석구석 발아의 가려운 징조를 참을 수 없었다. 바람이 숲의 녹음을 해체하여 내 몸을 점령하리라는 그 새벽의 예감에 동트는 아침, 산으로 갔다.

돌층계는 이슬에 젖어 있었다. 숲으로 이어진 좁은 외길 가에 노란 씀바귀 작은 꽃들이 군락 지어 피어 있었다. 엊그제 내린 비로 아침 공기가 바람을 타고 나뭇잎을 흔들어 청량한 녹색의 입자들이 쏟아져 내리는 듯했다. 그토록 많은 흰 꽃들을 아래로 달고 달콤한 향기를 내뿜던 5월의 때죽나무가 익은 열매의 입을 벌려 씨앗을 드러내고 있었다.

여름 동안 발길을 하지 않았던 언덕배기를 돌아가는 좁은 길가에 여뀌의 분홍빛 꽃 덤불이 이슬에 젖어 군락 지어 있었다. 마치 비밀의 화원에라도 들어선 듯 가슴이 환희로 차올랐다. 아래로 고개를 떨어트린 채 피어 있는 그것들을 손바닥으로 쓰다듬어보기도 하고 앉아서 가만히 들여다보았다.

감국과 쑥부쟁이, 며느리밑씻개, 패랭이, 고마리…. 야생초들이 한창 꽃들을 피우고 있는 아침, 야생의 뜰이 황홀한 생기로 가득했다. 그러나 산책로의 성가신 잡초로 사람들에게 눈엣가시가 되지나 않을까 하는 마음에 줄기를 풀숲 안쪽으로 거두어 들여다 주었다.

오래된 삼나무가 위로 지나는 바람에 늙은 몸을 느리게 흔들었다. 소나무 노란 가시잎들이 밤새 떨어져 솔향이 퍼져 있는 길을 천천히 걸으며 오르막길을 올랐다. 청미래 열매가 불그레하게 익어가고 있는 가지에 오목눈이 한 마리가 앉아 있다가 나를 보고 놀라 날아갔다.

그 조그만 몸짓이라니….

길을 오르다 보니 대나무 숲 덤불 속에서 오목눈이 무리들이 앙증맞은 수다를 떨고 있었다. 마치 나에게 인사라도 건네는 듯하여 그것들에게 손을 흔들었다.

댕댕이덩굴이 까만 열매를 매달고 가지를 휘감고 있는 잡목들 사이를 지나 편백 숲에 이르렀을 때쯤 몸에서 더운 기운이 솟았다. 조림한 키 큰 편백나무들이 정연한 간격으로 곧게 뻗어 있는 산책로에 서서 산 아래쪽에서부터 위로 솟구쳐 불어오는 바람을 폐부 가득 들이켰다.

저 먼 태평양에서 내가 사는 이곳까지 날아온 바람이, 바다 심층에 녹아 있던 귀신고래의 푸른 노랫소리가 내 가슴 가득 고여드는 듯했다. 가슴은 부풀 대로 부풀어 나도 바람이 될 것만 같았다. 내 몸이 천 개 만 개로 분해되어 바람 속

191

에 녹아들어 숲속 여기저기를 떠도는 녹음의 입자가 되어 일렁이었다.

나뭇가지를 뛰어 건너는 청설모의 가슴팍 하얀 털을 건드리기도 하고 높은 나뭇가지에 앉아 있는 직박구리의 깃털 사이를 드나들어 보기도 했다.

가만히 나무를 안고 눈을 감았다. 나무의 뿌리 저 아래에서부터 올라온 꿈틀거림이 내 몸을 통과해 숲의 천장 위에서 일렁이었다.

대지의 숨소리가 내 가슴 가득 느껴졌다.

그것은 내 심장으로 들어와 땅속 저 깊은 곳의 거대한 진동을 몰고 내 몸 여기저기로 번져나갔다. 나무 꼭대기로부터 기둥을 타고 내려와 뿌리를 통해 땅속 깊은 곳까지 향하는 바람의 전언, 바다가 땅속에 이르는 일이다. 바람이 바다를 땅속으로 데려다주는 대순환이다.

땅속의 수많은 미생물들이 심해의 돌고래 노랫소리를 듣는 일.

그리고 내가 저 어둡고 깊은 땅의 심장을 느끼는 일.

그 바람 부는 날 아침의 경이.

땅이 내 안에 있었다.

도판목록

자라는 땅 p.11, 52
2015, oil on canvas
97.3x145.5cm

자라는 땅 p.13
2001, oil on canvas
45.5x37.9cm

휘파람 p.15
1994, oil on canvas
90.9x72.7cm

자라는 땅 p.20
1997, oil on canvas
130.3x97.0cm

비밀 p.23
1994, oil on canvas
193.9x130.3cm

자라는 땅 p.27
2003, oil on canvas
90.9x72.7cm

194

자라는 땅 p.35
2001, oil on canvas
53.0x45.5cm

비단 안개 p.39
2006, oil on canvas
72.5x53.0cm

비밀-Blue p.44
2006, oil on canvas
72.7x60.6cm

자라는 땅 p.47
2009, oil on canvas
33.4x24.2cm

초원에서 p.50
2012, oil on canvas
45.5x37.9cm

Tree p.55
2012, oil on canvas
50.3x45.5cm

On the stage   p.59
2013, oil on canvas
72.7x53.0cm

Breathe   p.64
2015, oil on canvas
162.2x259.1cm

Take a trip   p.67
2013, oil on canvas
50.3x45.5cm

자라는 땅   p.72
2015, oil on paper
19.7x14.6cm

Three earth   p.75, 100
2013, oil on canvas
145.5x112.0cm

자라는 땅   p.79
2015, oil on canvas
45.5x37.9cm

꽃모자   p.83
2013, oil on canvas
53.0x40.9cm

자라는 땅-핑크   p.87
2012, oil on canvas
53.0x45.5cm

자라는 땅   p.92
2015, oil on paper
22.0x14.8cm

술래   p.96
1993, oil on canvas
90.9x72.7cm

On the shoulder   p.103
2013, oil on canvas
40.9x27.3cm

In the heart   p.108
2013, oil on canvas
72.7x60.6cm

자라는 땅　　p.112
2015, oil on canvas
72.7x53.0cm

生　　p.116
1987, 면포 위에 유채
360.0x135.0cm

자라는 땅　　p.121
2000, oil on canvas
162.2x112.1cm

겨울나기　　p.125
1992, oil on canvas
162.2x130.3cm

무덤꽃　　p.127
1989, 면포 위에 유채
180.0x135.0cm

자라는 땅　　p.131
1996, oil on canvas
162.2x130.3cm

196

자라는 땅　　p.133
2001, oil on canvas
130.3x97.0cm

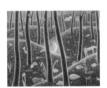

자라는 땅　　p.137
2001, oil on canvas
324.0x130.3cm

하얀나무 숲　　p.141
2008, oil on canvas
53.0x45.5cm

운행　　p.145
2006, oil on canvas
91.5x72.5cm

자라는 땅　　p.151
1997, oil on canvas
242.4x162.2cm

꽃밭에서　　p.155
2015, oil on canvas
162.2x130.3cm

자라는 땅 p.159
2009, oil on canvas
72.7x60.6cm

Blossom p.163
2013, oil on canvas
72.7x53.0cm

자라는 땅 p.167
2015, oil on canvas
65.1x90.9cm

자라는 땅 p.148, 171
2014, oil on canvas
193.9x130.3cm

자라는 땅 p.175
2015, oil on canvas
72.7x90.9cm

바라보다 p.8, 177
2013, oil on canvas
72.7x53.0cm

Twins p.179
2012, oil on canvas
53.0x45.5cm

자라는 땅 p.181
2015, oil on canvas
97.0x162.2cm

자라는 땅 p.185
2000, oil on canvas
116.8x91.0cm

자라는 땅 p.189
1996, oil on canvas
162.2x130.3cm

그 사람의 풍경

초판 1쇄 발행 2017년 3월 20일

지은이 김춘자
펴낸이 강수걸
기획 이수현
편집장 권경옥
편집 정선재 윤은미 문윤호
디자인 권문경
펴낸곳 산지니
등록 2005년 2월 7일 제333-3370000251002005000001호
주소 부산시 해운대구 수영강변대로 140 BCC 613호
전화 051-504-7070 | 팩스 051-507-7543
홈페이지 www.sanzinibook.com
전자우편 sanzini@sanzinibook.com
블로그 http://sanzinibook.tistory.com

ISBN 978-89-6545-407-6 03810

* 책값은 뒤표지에 있습니다.
* 이 도서의 국립중앙도서관 출판예정도서목록(CIP)은 서지정보유통지원시스템
홈페이지(http://seoji.nl.go.kr)와 국가자료공동목록시스템(http://www.nl.go.kr/
kolisnet)에서 이용하실 수 있습니다.(CIP제어번호: CIP2017005970)